MODELANDO PARA UN ASESINO

PRIESTHOOD - LIBRO 2

ROSIBEL SEQUERA

amazon.com/author/rosibelabysai

goodreads.com/rosibelsequera

tiktok.com/@rosibelwattpad7

instagram.com/rosibelabysai

Playlist

"Better Man" —5 Seconds of Summer
"Gangsta" —Kehlani
"Tension" —Fergie
"Bury a Friend" —Billie Eilish
"Blood//Water" —Grandson
"Heathens" —Twenty One Pilots
"No Time To Die" —Billie Eilish
"Earned It" -—The Weeknd
"Pray For Me" —The Weeknd & Kendrick Lamar
"Take Me to Church" —Hozier:
"Unstoppable" —Sia
"Confident" —Demi Lovato

*A las que buscan un príncipe azul
que las salve... Esta historia no es para ustedes.
Entre estas páginas solo encontrarán a un ángel caído
que las hará suspirar de miedo... o de placer.*

Índice

Prólogo

Ethan

Observo el pausado caminar de Vladimir. Es estresante y me está poniendo de los nervios.

Acabamos de terminar una conversación para nada agradable con Dante De Santis, don de la mafia italiana y el jefe de la Cosa Nostra. Nos había dejado muy en claro que nos fuéramos a la mierda con nuestra idea del tráfico de armas. Según sus palabras, era un negocio destinado a matarnos.

Le doy un último trago a mi coñac y me pongo de pie. El calor aquí en Angola es infernal. Si estuviera en mi hotel, en lugar de en su aburrida oficina, a la que le faltaban algunos toques de arte, estaría acostado en mi cama, desnudo.

—Vladimir —le digo, pero me ignora por completo y continúa con su tortuoso caminar. El líder de la mafia africana era temido debido a su falta de habilidad para comunicarse. Si algo no le gustaba, te mataba. Si estaba de mal humor, se aseguraba de que todos sus hombres se dieran cuenta de ello. Era una bestia que no hacía más que gruñir y matar—. Traeré a mis chicos a este lugar para que agreguen un par de cuadros. Tu oficina es tan deprimente como tú —digo con una burlona sonrisa, sabiendo que eso atraerá su atención. Aprendí a tratarlo con el tiempo, pero debía cuidar cuánto lo molestaba. De lo contrario, acabaríamos intentando matarnos, y eso no era bueno para el negocio.

—Terminarás en pedazos. Igual que tus cuadros.

Hago una mueca, como dije, era una bestia. Solo alguien así sería capaz de destruir algo tan maravilloso como el arte.

—Entonces, deja de caminar y sienta tu gruñón trasero que no tengo todo el día. —Una parte de mí espera que se lance al ataque, pero murmura algo en su lengua nativa, posiblemente un insulto, y se sienta—. No necesitamos el apoyo de Dante ni de los demás. Podemos resolver esto por nuestra cuenta. Estamos muy lejos de los rusos, ¿recuerdas?

Asiente, pensativo.

—Pero igual vendrán por nosotros. Se derramará sangre por ambas partes. ¿Tus hombres están listos para una guerra?

Sonrío. Siempre era así, pero él no tenía por qué saber eso.

Me encojo de hombros en su lugar, restándole importancia.

—Lo resolveré —miento; mi verdadero temor es que maten a los míos antes de que alcance el poder que ansío.

Vladimir me observa con ojo crítico, tratando de ver más allá de mi personalidad burlona y relajada, pero no encontrará nada. Esa caja está cerrada para todos.

—Planeas algo, ¿no es así?

Mi sonrisa se ensancha al oír su pregunta.

—Un mago nunca revela sus trucos.

—Tú no eres un puto mago —gruñe en respuesta—. ¿Qué planeas?

Tomo la chaqueta de mi traje y me la pongo sin importarme el calor. Odio usar cualquier otro tipo de ropa.

—Paciencia, querido amigo, lo revelaré todo cuando llegue el momento. —Me dirijo a la puerta y me detengo cuando estoy a un movimiento de cerrarla—. Dale mis saludos a esa hermosa abogada. Tal vez un día necesite que me asesore.

Uno de sus cuchillos no demora en clavarse contra la puerta, pero ya la he cerrado. Mi risa resuena por el pasillo. Todos tenemos debilidades, y esa mujer morena se está convirtiendo en el talón de Aquiles de Vladimir. Si fuera mi enemigo, explotaría esa información, pero como es mi socio, solo dejo la sutil amenaza en el aire. Si me traicionaba, vendría por ella.

Llego a mi coche y me pongo en marcha. Aún no puedo regresar a casa, pero estoy contando los días para hacerlo. Angola es el infierno sobre la tierra.

Angola - Una semana después

El calor es insoportable. No entiendo cómo Vladimir puede lucir tan fresco, vistiendo de traje, aun estando bajo el sol.

A mi lado se encuentra Bentley, mi consejero, con una cara de pocos amigos igual a la mía. El único que parece estar de buen humor es Ryan, mi jefe de seguridad y mejor amigo, ya que observa todo a su alrededor como si de un nuevo mundo se tratara. Pero en realidad estamos rodeados de vegetación en el medio de la nada.

Permanezco bajo la sombra del almacén mientras descargan la mercancía. No era del todo necesario que yo estuviera presente, pero como es el inicio de nuestro negocio, Vladimir y yo necesitamos presentar un frente unido.

«Y si los rusos deciden joder las cosas, los matamos».

Suspiro al escucharlo.

Aquella voz, que dudo que sea mi subconsciente, aparece de vez en cuando para recordarme que nunca estoy solo. No es un trastorno de personalidad lo que tengo; al menos, eso creo, aunque nunca estuve del todo cuerdo. Más de una vez pasé horas discutiendo con aquella voz sobre cuál era la mejor decisión para alguno de mis negocios.

—Ethan.

Aparto mi atención de las camionetas al oír la voz de Vladimir. No hay más que frialdad en su mirada. La curiosidad por saber qué lo convirtió en una cáscara vacía me inunda por un momento. Es divertido encontrar las debilidades de todos aquellos que te rodean para luego usarlas a tu favor.

La oscuridad en mi interior se remueve ante aquel pensamiento. Esa parte de mí es la que más disfruta explotando las debilidades de las personas.

Me paro al lado de Vladimir y observamos en completo silencio a sus hombres mientras descargan las tres camionetas. Negociamos con el mismo proveedor de los rusos, y les ofrecimos algo que no pudieron rechazar. Un mercado más grande. Tendrán como clientes principales a todos los miembros del Priesthood[1], a diferencia de antes, que solo Dante le compraba a los rusos.

Dante aún está en contra del nuevo negocio, pero como uno de los cabecillas más importantes del mundo criminal, no puede oponerse a dos miembros del Priesthood . Nos haría ver débiles, y eso no es algo que podamos permitirnos. A la más mínima grieta en nuestra sociedad, caeremos.

La zona en la que nos encontramos fue elegida deliberadamente por si se da un enfrentamiento. No hay nada más que vegetación.

—¿Qué tan seguro te encuentras de que estos franceses no nos van a tender una trampa? —le pregunto por lo bajo a Vladimir mientras vemos como un grupo de franceses se acercan a nuestra posición. Los hombres de Vladimir cargan cada una de las cajas con armas, y los míos se están asegurando de que el perímetro sea seguro.

—Derribaré su estúpida Torre Eiffel si es una trampa.

A mi lado, Ryan reprime una risa.

—En serio debes revisar esa necesidad que tienes de destruir cosas —susurro.

—Y tú la necesidad de desmembrar a los que te traicionan. — La oscuridad en mi interior se ríe y sé que no tengo un argumento válido contra eso. Vladimir da un paso adelante y le extiende la mano al vendedor que enviaron los franceses—. Bienvenidos a Angola, caballeros —dice en un perfecto francés que suena brusco debido a su acento.

Asiento en señal de saludo, pero no pronuncio palabra.

Fuera de tu territorio, muestras respeto o mueres.

—Señor O'Connor. Señor Da Costa. Gracias por recibirnos.

Con un movimiento de la mano, Vladimir señala las cajas que sus hombres han terminado de descargar de las camionetas.

—Si no es molestia, me gustaría verificar la mercancía, Séverin —dice.

Reprimo la risa que amenaza con escapar de mis labios. El imbécil tiene modales después de todo.

—Por supuesto, señor.

Probamos tres fusiles: ninguno falló.

—¿Próxima entrega? —Estoy revisando una Glock 9 mm cuando Séverin suelta la bomba.

—Dentro de tres semanas —respondo con la atención dividida entre el arma y el rostro de Séverin.

A pesar de los años en el negocio, no logra disimular su expresión de sorpresa. Por lo que pudimos averiguar, los rusos recibían pedidos con un lapso de un mes y medio entre cada encargo. La diferencia con nuestra situación es clara: nosotros tenemos un mercado mucho más amplio. Este cargamento podría agotarse incluso antes de las tres semanas previstas. Solo con la venta a Nathaniel, el capo de la mafia canadiense y el mejor rastreador del mundo, se irá una cuarta parte. Con todos los pequeños grupos terroristas de Canadá trabajando para él, es quien más armas demanda.

—Señores, trabajamos con un mínimo de tiempo entre encargos de un mes. Podremos tener su pedido en ese plazo.

—Creo que no comprendes del todo la situación, Séverin. Si no lo resuelves, te mataré, y esperaré que la persona que tome tu puesto sea mucho más eficiente y cumpla con lo que quiero.

Silbo melódicamente mientras observo como el color abandona el rostro de Séverin ante la amenaza de Vladimir. Los hombres del francés se tensan, pero no se mueven ni un centímetro. Saben que tienen las de perder si atacan a dos capos del Priesthood.

—Señor Da Costa, estoy seguro de que podemos llegar a un acuerdo sin tener que derramar una gota de sangre. Que le parece si le entrego la mitad del pedido...

Me alejo ligeramente de Vladimir cuando saca uno de sus cuchillos. No quiero ensuciarme si le rebana la garganta.

«Eso no fue lo que pensaste cuando le rebanamos los dedos a aquella rata traicionera».

Cada músculo de mi cuerpo se tensa al escuchar su oscura voz en mi cabeza, a pesar de que no recordaba haber hecho tal cosa, casi podía sentir la calidez de la sangre manchando mis manos. Parece que mi otro yo se ha estado divirtiendo demasiado.

Cierra la boca. Necesito concentrarme.

«Podríamos hacer lo mismo con el francés hasta que acceda a lo que quieren... o se muera».

Ignoro sus palabras y me concentro en el escenario frente a mí. Séverin, en algún momento, comenzó a temblar y tartamudear, diciendo que había mejores formas de resolver las cosas. Vladimir jugaba con su cuchillo con una habilidad escalofriante.

—Séverin, mi consejo es que si no quieres regresar en una bolsa negra a la ciudad del amor, acepta lo que queremos. Vladimir tiene la misma destreza que la de un cirujano para cortar piel.

Sonrío ante el rostro pálido del francés.

Extiende la mano, dubitativo, a Vladimir.

—Lo haré, señor, pero no me mate.

Río entre dientes sin poder evitarlo ante la súplica, pero se convierte en una maldición cuando los sesos de Séverin vuelan en todas las direcciones. Profiero otra maldición al ver que mi traje se manchó. Estoy por echarle la bronca a Vladimir por haberlo matado, pero no tiene el arma en la mano.

Mierda.

—Voy a matar al que arruinó mi traje —gruño.

Miro a mi alrededor buscando al culpable, pero otro disparo resuena en el aire y uno de los hombres de Séverin cae al suelo, sin vida.

Bueno, doble mierda.

Saco mi arma y me refugio rápidamente en el almacén con Bentley, Vladimir y Ryan a mi lado. No está en mis planes morir en un futuro cercano. Los franceses y los hombres de Vladimir devuelven el fuego con fuerza a quien sea que nos esté atacando.

Miro a mi jefe de seguridad.

—¿Qué pasó con nuestros hombres? ¡Se supone que mantendrían el perímetro seguro! —La ira y el dolor en la mirada de Ryan es toda la respuesta que necesito. Mis hombres están muertos—. A la mierda.

Abandono la seguridad del almacén y corro en dirección al cargamento de armas. Entre todo lo que Séverin nos vendió, hay un lanzacohetes que estaré encantado de usar contra esos hijos de puta. Mataron a mis hombres y ensuciaron mi traje; están viviendo tiempo prestado.

Escucho que gritan mi nombre, pero lo ignoro. Tomo el lanzacohetes, cargo la munición y apunto en la dirección en la que vienen los disparos.

—¡Todo el mundo aléjese! ¡Ahora!

En el minuto que todos se han retirado, disparo el lanza-cohetes y las camionetas vuelan por los aires. Una risa amarga me abandona al mismo tiempo que los gritos de los hombres que nos atacaron resuenan entre las llamas.

«Me gusta este tipo de diversión».

—Sí, es jodidamente liberador.

—Estás loco —dice Vladimir a mi espalda. Con todo el alboroto, no lo escuché acercarse.

—Hay que estarlo para sobrevivir a esta vida.

Observo con absoluta indiferencia los cuerpos quemados en el suelo. Hay alrededor de media docena de hombres muertos, y todos tiene el uniforme característico de los rusos, o al menos, eso es lo que logramos deducir de los restos que quedan.

—Alguien nos vendió —digo en cuanto me acerco a Vladimir, que está verificando que la mercancía no resultó dañada.

—Pude deducir eso por mi cuenta, y puedo asegurarte de que no fueron mis hombres.

Enarco una ceja, pero no digo nada al respecto sobre la obvia acusación hacia mis hombres.

—Envía mi parte a Los Ángeles cuando llegue a casa. Mis condolencias por tus hombres.

Suspira, me extiende la mano y se la estrecho.

—Mis condolencias por los tuyos. Buen viaje a casa.

Me alejo de la escena y me subo a la única camioneta que quedó sobre sus ruedas. Bentley se montó a esta en cuanto se dio cuenta de que ya habíamos terminado aquí. Tomo asiento en el puesto de copiloto y Ryan acelera.

—Fueron los rusos —digo mirando por la ventanilla.

Bentley no profiere palabra, pero Ryan sí deja salir una maldición entre dientes.

—¿Qué vas a hacer al respecto?

Me tomé un par de segundos para meditar la pregunta de

Ryan. Evalué los posibles escenarios si las cosas se tensaban con los rusos y consideré mis opciones. Ninguna era tan eficaz como arrebatarle a la Bratva su posesión más preciada.

Es bastante arriesgado, pero sé que podría funcionar.

En lugar de decir algo al respecto, miento.

—Aún no lo sé.

A partir de ahora, debo tener cuidado a quién le confío mis planes. Sé que Ryan no es el traidor, pero Bentley... Es un hombre bastante ambicioso en ocasiones, y la ambición es peligrosa.

Sobre todo para hombres como nosotros.

Tres semanas después

Observo por la mirilla del rifle a los hombres de Vladimir mientras entregan el cargamento de armas a Bentley. Nadie sabe que he venido a observar el intercambio, pero desde que nos atacaron en Angola hace tres semanas, me volví muy precavido. Bentley revisa la mercancía con más lentitud de la que me gustaría, pero sé que solo está haciendo su trabajo. Al principio, no quería que nos involucráramos en el tráfico de armas. Pero cuando vio los números que respaldaban mi argumento, dejó de insistir en que rechazara la oferta de Vladimir.

—Está completo el cargamento, ¿cierto?

Escucho la sospecha en la voz de Bentley a través del intercomunicador. Mientras yo no pronuncie palabra, nadie sabrá que he estado escuchando cada una de las conversaciones. Así fue como atrapé meses atrás a uno de mis hombres tratando de vender información sobre un cargamento de drogas que iba a ser enviado a Dante.

El angoleño a cargo del intercambio asiente, y parece disgustado por la desconfianza de mi mano derecha.

—Bien, eso es todo. —Extiende la mano para estrechar la del angoleño—. Nos vemos en tres...

Una maldición se escapa de mi boca cuando una bala atraviesa la cabeza del angoleño. Maldición, nos encontraron de nuevo. Manteniendo mi posición entre las sombras, observo el lugar de donde provino el disparo. Mis hombres y los angoleños se cubren de las balas, pero en cuanto el primer ruso asoma la cabeza, el caos se desata.

Disparo un tiro tras otro sin pensar o armar un plan, como lo haría en otra ocasión. Sé que tengo traidores en mis filas: he estado eliminando a varias de estas ratas a lo largo de las últimas tres semanas, pero solo dejarán de aparecer cuando encuentre a la persona que los está reclutando.

Mis hombres y los angoleños les hacen frente a los rusos, pero eso no evita que haya pérdidas en ambos lados. Vladimir se va a cabrear cuando se lo cuente. Solo cuando el último disparo resuena en el lugar, salgo de las sombras. Nunca me escondo, pero como dije, nadie sabe que vine, y de haber salido durante el enfrentamiento, mis hombres se habrían distraído, lo que hubiera sido mortal para ellos. Y no quiero perder a más hombres, aún estoy tratando de recuperarme de la masacre originada por los rusos en Angola. Sus familias aún están tratando de asimilarlo.

—Caballeros. —Mi voz resuena con fuerza por todo el almacén. Observo como mis hombres se tensan al escuchar la dureza de mi tono—. Parece que los rusos nos han encontrado, otra vez.

La ira bulle dentro de mí, necesito encontrar al maldito traidor antes de que todo por lo que he trabajado se vaya a la mierda. Miro a cada uno de mis hombres, están alertas y tensos, esperando mi siguiente movimiento. Soy conocido por mi temperamento impredecible, y eso les aterra.

—Debido a la gran incompetencia para recibir mi mercancía sin que nadie termine muerto, tomaré el asunto en mis manos. Es hora de que esos asquerosos rusos aprendan que nadie jode a los miembros del Priesthood sin sufrir las consecuencias.

Paso el rifle por mi hombro y les doy la espalda para dirigirme a mi todoterreno. Necesito liberar tensión.

—¡Quiero a cinco hombres en cada almacén vigilando el perímetro! —grito.

—¡Sí, señor! —responden todos al unísono.

De camino a mi *penthouse*, aquella idea que un tiempo consideré reaparece en mi mente.

«¿Entonces por qué has dudado? ¡Podríamos haber jodido a esas ratas hace tiempo!».

Cierra la puta boca.

Aquella voz es el otro motivo por el que mis hombres me temen. Se corrió el rumor de que el capo de Los Ángeles está poseído por un demonio y que, debido a eso, quienes lo enfurecen de verdad terminan irreconocibles tras morir por mi mano.

Es sorprendente lo supersticiosas que pueden ser las personas en ocasiones, pero, gracias a esos rumores, muchos de mis enemigos lo piensan dos veces antes de atacarme. A excepción del traidor en mis filas, y por eso mismo robaré lo más precioso y preciado de la Bratva.

Sí, es cierto que puedo ser un demonio, la oscuridad dentro de mí es demasiado codiciosa para el bien de este mundo. Y precisamente a esa oscuridad le gustan las cosas bonitas y brillantes.

UNO

Ethan

UN MES DESPUÉS

M e fascinaba la facilidad con la que tanta gente podía reunirse en un solo lugar para observar a hombres y mujeres desfilar con prendas extravagantes. No sabía nada sobre el mundo de la moda hasta hace un mes, cuando me vi obligado a profundizar en el tema. San Petersburgo acoge la Mercedes-Benz Fashion Week Russia, un evento exclusivo al que solo acceden diseñadores de élite. También se exige lo mismo a las modelos, y la señorita Drozdova es una de las pocas que cumplen ese estándar.

Me tomó un par de favores y miles de dólares conseguir una entrada para el evento, por lo que, si regreso a casa con una bonita modelo rusa exigiendo que la deje ir, todo habrá valido la pena.

Bajan la intensidad de las luces y el evento comienza. Los primeros treinta minutos son lentos y aburridos, así que me esfuerzo por mantenerme despierto. Llamará mucho la atención el que me quede dormido en un evento tan importante, y no quiero recibir atención indeseada estando en territorio enemigo.

Podría haber enviado a mis chicos a que la secuestraran, pero no correría el riesgo de que alguien con la lengua demasiado larga dejara escapar la información por «accidente». Así que nadie, excepto Ryan, vino conmigo. Me pareció demasiado arriesgado confiarle dicha información a alguien más.

Estoy repasando el plan por tercera vez y un nombre en letras brillantes aparece en las pantallas, llamando mi atención.

«Mila Drozdova».

Mi objetivo.

El ambiente cambia de inmediato cuando camina por la pasarela y se apodera de ella con seguridad. Es alta, de piernas largas y extravagantes curvas. Su piel parece haber sido besada por los rayos del sol. Todo en ella grita elegancia, belleza y poder. La bestia en mi interior se sacude salvajemente al admirarla.

«¡La quiero! ¡Debemos tenerla! ¿Ves cómo brilla? ¡La necesitamos!».

Por una vez, estoy de acuerdo con esa oscura voz. Es brillante. Una pieza de arte. Y a mí me encanta el arte. Soy codicioso con cada una de las piezas que compro. No dejo que nadie las toque, solo permito que las admiren y deseen lo que nunca podrán tener.

Por primera vez en años, creo comprender ese anhelo que todas las personas tienen al admirar mi colección de arte. La señorita Drozdova es una preciosa pieza de arte que me encantaría poseer, pero mi único motivo para tomarla y llevarla lejos de aquí es para atar las manos de su Pakhan[1] y así terminar con sus ataques.

Solo es el medio para un fin. No importa lo tentadora que sea su belleza ni lo brillante que parezca. Desear su esencia sería mi ruina. Una vez que una obra de arte cae en mis manos, nada la aleja de mi poder.

No está en mis planes que ella desempeñe otro papel en mi vida más que el de rehén. Y es necesario que la bestia en mi interior se ponga al día con ese pensamiento o todo se irá a la mierda.

Y nada es más importante que mis negocios.

La observo durante todo el desfile, pensando en cómo una mujer como ella está involucrada en un mundo tan oscuro y perverso como lo es el de la mafia. Todo en ella grita inocencia, pero muy pronto eso cambiará. Se dará cuenta de que el mundo en el que vive no es lo que piensa. Haré estallar su burbuja de la peor forma.

Bañaré su mundo entero con mi oscuridad.

La cerveza baja suave por mi garganta, dejando una sensación agradable. Llevaba una hora en el bar del mismo hotel donde se hospedaría la señorita Drozdova esta noche. Según lo que averigüé, después de cada desfile de moda, tiene una rutina precisa: entra en un bar, bebe dos *shots* de vodka y desaparece. A veces vuelve a la mansión de su padre; otras sube directo a su habitación. Pero hoy, al ser un evento fuera de Moscú, no le quedó otra opción que buscar alojamiento.

Y el destino —caprichoso o generoso— la trajo justo a mi hotel.

Verán, el secreto para ser asquerosamente rico es simple: nunca te quedes en un solo lugar. Muévete. Aprovecha cada oportunidad que aparezca, sin importar el país. Hace años abrí una cadena hotelera, famosa por su arquitectura impecable y la colección de arte que cuelga de sus paredes. Claro que todas son réplicas. Las piezas auténticas están guardadas en mis galerías privadas.

Mi hermano, Levi O'Connor, es el encargado de manejar la cadena hotelera, solo que bajo el apellido de soltera de nuestra madre siciliana, Barone. Así nadie sospechaba que la mafia de Los Ángeles estaba involucrada. Además de que mi hermano se mantiene lejos de cualquier asunto relacionado con mis turbios negocios. Bueno, a excepción de ahora.

Le pedí el pequeño favor, que seguro me cobrará con creces en el futuro, de enviar una carta de invitación a cada uno de los diseñadores y modelos para que se hospeden en nuestro hotel. Debido a la alta demanda de nuestros hoteles, muy pocas veces hay habitaciones libres, pero Levi y su gran carisma lograron disuadir a varios clientes de quedarse en otro de nuestros hoteles en la ciudad, liberando así las mejores habitaciones para nuestros invitados. Este era el más cercano a mi pista de vuelo privada.

Dejó para la señorita Drozdova la habitación con mejor vista... y la más alejada de las demás modelos. Si gritaba, nadie la escucharía.

Tomo otro trago de cerveza cuando la veo entrar, en esta ocasión, con un atuendo menos llamativo del que lució en el evento. Llevaba un sencillo vestido negro, con la falda ligeramente acampanada. Sin ser consciente de ello, mis ojos se deslizan por sus largas piernas hasta llegar a los tacones, que le agregan varios centímetros a su estatura.

«Brilla. Brilla. Es tan reluciente».

Sacudo la cabeza, tratando de apagar la asquerosa voz. No era el maldito lugar ni el momento para perder los estribos. Era hora de poner en marcha el plan.

Me pongo de pie, sacando mi teléfono, y finjo estar en una acalorada conversación. Debido a que estoy tan distraído por la discusión, no me percato de la bonita mujer que se encuentra en mi camino y tropiezo con ella. Mi teléfono cae al suelo, la pantalla sufre graves daños en el proceso. Mi brazo rodea la cintura de la señorita Drozdova cuando la veo tambalearse sobre sus altos tacones. Mantengo mi brazo firme a su alrededor y la enderezo.

—Discúlpeme, no la vi. ¿Se encuentra bien? —pregunto en inglés. Sé ruso, pero es mejor dejar en claro que soy un extranjero en este lugar. Su mirada demora varios segundos en encontrarse con la mía, pero cuando lo hace, todo lo que nos rodea desaparece. Sus ojos son color chocolate, pero no del dulce, sino del chocolate negro, el que es amargo y a nadie le gusta. No puedo ver dónde termina su pupila y su iris comienza. Son hipnotizantes, brillantes como dos diamantes. Carraspeo, tratando de alejar esos pensamientos de mi mente—. ¿Señorita?

Como si mi tacto le quemara, se aleja. Su rostro se ha ruborizado y parece estar ligeramente desorientada, pero fuera de eso, no parece tener la menor idea de quién soy.

—¿Está bien? —pregunto de nuevo.

—Sí, sí. —Su mirada se aleja de la mía por unos segundos cuando se agacha para recoger mi teléfono—. De verdad lo siento. No lo vi venir. Su... su teléfono... —Con delicadeza, lo tomo de sus pequeñas manos. Aunque era alta, mi estatura seguía siendo imponente, lo que para mí la hacía pequeña y frágil.

—Está bien. No se preocupe. La culpa es toda mía por no ver por dónde iba. —Guardo el teléfono en el bolsillo de mis pantalones sin prestarle demasiada atención a la pantalla rota. Era desechable. —Permítame invitarle un trago por las molestias causadas, señorita...

—Drozdova. ¿Y usted es?

—O'Connor, señorita.

Asiente, parecía estar recompuesta.

—Es un gusto, señor O'Connor, pero tendré que rechazar su oferta. No bebo.

«Mentirosa. Mentirosa. A nuestro pequeño diamante le gusta mentir».

No es nuestra. Así que cierra la boca.

«Soy producto de tus deseos más oscuros. No quieres que me calle».

Oh, sí lo quiero. Cállate para que pueda seguir trabajando.

Gracias a algún ser misericordioso, se calla. Así que vuelvo a concentrarme en la mujer frente a mí.

—En todo caso, permítame invitarle cualquier cosa que guste beber.

Me dedica una sonrisa de apariencia poco genuina, pero decido ignorar tal acción.

—Tendré que rechazarlo de nuevo, señor O'Connor. Mi cita me está esperando.

Me descoloca por un momento la suavidad con la que pronuncia mi apellido. E, inevitablemente, mi mente viaja a lugares donde podría escucharla llamarme así, solo que con un tono más jadeante y...

Mierda, no. No venimos por ella para esto.

Una sonrisa forzada recorre mi rostro.

—Por supuesto, señorita Drozdova. Que tenga una feliz noche y disculpe otra vez.

Con una última inclinación de la cabeza, paso por su lado y me dirijo al elevador. Tenía que encontrar otra manera de sedarla y así poder sacarla del hotel sin causar un alboroto. Cuando llego a mi habitación, justo al lado de la suya, llamo a mi hermano.

—Necesito otro favor —digo en cuanto contesta.

—A este paso, me deberás una gran lista.

—Por supuesto que sí, hermanito. —Saco el encendedor de mi bolsillo y comienzo a jugar con él. Era una mala costumbre que había adquirido con los años—. Necesito que envíes un arreglo de rosas a la habitación de la señorita Drozdova en cuanto la veas subir a su habitación. También... —Dudo un momento en si debería decírselo. No le iban a gustar mis siguientes palabras—. Necesito que rocíen algo en las rosas que la ponga a dormir por un máximo de una hora. Uno de mis hombres te hará llegar el sedante. No lo huelas, ¿entiendes?

Ryan también va a querer matarme cuando le diga que necesito otro sedante.

—Maldición, Ethan. ¿Qué demonios estás planeando?

—Mientras menos sepas, mejor. ¿Lo harás?

Se escucha un largo suspiro al otro lado de la línea, pero sé que lo tengo. No hay nada que mi hermanito no haría por mí.

—Te juro por Dios que si alguien se entera y el hotel sufre las consecuencias, te mataré. —La sola idea de ver a Levi intentando matarme me hace sonreír—. Te avisaré cuando esté todo listo.

—Y agrégale una tarjeta en la que me disculpo por haber tropezado con ella. —Suspira de manera audible y yo sonrío—. Gracias, hermanito.

Me maldice una última vez y cuelga. Le envío un mensaje a Ryan y puedo imaginarlo insultándome al leer lo que necesito, pero, por supuesto, recibo un mensaje en el que me asegura que hará lo que le pido. Cuando me confirma que le ha entregado el sedante a Levi, solo me queda esperar a que mi hermano me escriba. Dejo caer mi cuerpo sobre la suave cama y espero con paciencia a que Levi llame. Mientras, sigo jugando con el encendedor. Las llamas iluminan mi rostro y luego desaparecen.

Cuento cada minuto, hasta que mi teléfono suena. Leo el mensaje.

«Levi: Recibió las rosas».

Esa oscuridad dentro de mí se agita, ansiosa por tener a la señorita Drozdova bajo nuestro poder, donde nadie irá por ella.

«Tendremos a nuestra mentirosa solo para nosotros».

Me pongo de pie y camino en dirección al baño.

—No es nuestra. Entiéndelo de una maldita vez. Es solo el medio para un fin —digo, mirando mi reflejo en el espejo. Algo oscuro y perverso brilla en mis ojos. Esa otra parte de mí—. No vayas a joder esto.

«¿O qué?».

Podía escuchar la burla en sus palabras.

—Encontraré la forma de callarte para siempre. No me importará ir con un maldito loquero si así consigo deshacerme de ti.

No vuelve a hablar durante los veinte minutos que me toma esperar que haga efecto el sedante. Era tiempo de ponerse manos a la obra.

DOS
Mila

Permanezco sentada en el bar más tiempo del que suelo hacerlo. El encuentro con el señor O'Connor me dejó algo nerviosa; una parte de mí creyó que estaba siendo atacada durante unos segundos por algún enemigo de mi padre. Pero luego, cuando se ofreció a brindarme un trago, me percaté de que el tropezarse conmigo solo fue una excusa para acercarse.

Me pasa más de lo que me gustaría, y por eso mismo lo había rechazado de modo tan cortés. Mentí, sí, pero fue la única salida que se me ocurrió en el momento. No negaré el hecho de que el señor O'Connor es muy atractivo, por no decir que es el hombre más hermoso que he visto en mi vida. Aunque también pude sentir las oleadas de peligro que desprendía su cuerpo.

Crecer entre sangre y violencia te enseña a reconocer qué clase de oscuridad habita en las personas. Algunos nacen con una sombra inofensiva, la típica que todos llevamos dentro. Es parte de estar vivos, de tener luz.

Luego están los otros.

Los que te erizan la piel con solo una mirada. Como el señor

O'Connor. Mi cuerpo lo sintió antes que mi cabeza: una alarma silenciosa que me gritó «peligro».

Sé que tengo que mantenerme lejos de él mientras siga en este hotel. Su oscuridad es del mismo tipo que la de los hombres de mi padre.

No tengo a mis guardaespaldas conmigo; convencí a mi padre de que no eran necesarios, ya que siempre mantengo un perfil bajo luego de cada evento. Sin embargo, ahora tengo el leve presentimiento de que voy a arrepentirme. No sé si todos estos pensamientos en cadena se deben a mi paranoia, pero hasta ahora mi instinto no me ha fallado. Ni una sola vez.

En lugar de beberme mis dos habituales *shots* de vodka, termino tomando tres para así eliminar algo de la tensión de mi cuerpo luego de tantas horas de trabajo. Observo a la gente en el bar, tratando de ver más allá de sus máscaras, porque todos siempre usamos una. Incluso yo, solo así puedo protegerme de ellos.

Con un último suspiro, resignada, porque mañana tendría que volver a casa por unas dos semanas antes de mi siguiente evento en Nueva York, decido irme a mi *suite*. Necesito recargar toda mi energía para las siguientes dos largas semanas.

El camino hasta mi habitación es corto, pero se me hace eterno. En cuanto cierro la puerta tras de mí, dejo que mis muros se derrumben, uno por uno. Es agotador fingir calma: sonreír, aparentar que nada me afecta. Pero no tengo alternativa. Mantener la guardia en alto es la única forma de sobrevivir... por si «él» decide aparecer.

Me doy una ducha rápida y me pongo el pijama. Luego comienzo mi rutina para el cuidado de la piel. Es terapéutico hacerlo. A mitad del proceso, me sobresalto cuando llaman a la puerta. Me llevo la mano al pecho y tomo dos respiraciones profundas.

Estás bien. Él no está aquí.

Tomo mi bata de satén y me la pongo. Con pasos seguros, me dirijo a la puerta y la abro. Mi vista se bloquea de inmediato por un arreglo de rosas rojas. El aire se atora en mi garganta.

—¿Señorita Drozdova? —pregunta una voz masculina detrás del ramo. Luego lo hace a un lado, lo que me permite ver al joven repartidor—. Tengo un envío para usted. ¿Podría firmar aquí?

Me tiende una pequeña *tablet* con un lápiz táctil.

Todo en mi interior me pide que cierre la puerta y me esconda debajo de las sábanas hasta que amanezca, como hice tantas veces cuando era pequeña. Pero me obligo a mantener la compostura y a dedicarle una pequeña sonrisa al repartidor.

—Claro.

Firmo donde me indica y, tras desearme una buena noche, se retira. Con el enorme arreglo de rosas entre mis brazos, cierro la puerta y lo coloco sobre la superficie más cercana. Hay unas cincuenta rosas; resulta extraño.

«Él» siempre deja una flor, por lo que esto no es obra suya.

Busco entre las rosas alguna tarjeta que identifique al remitente. Cuando la encuentro, dejo salir un suspiro tembloroso.

Por favor, Dios. No dejes que sea él.

Con una elegante y perfecta caligrafía, están escritas las palabras:

«Esta es mi disculpa por casi haberte derribado.
—O'Connor».

Una respiración temblorosa abandona mi cuerpo. ¿Cómo supo en qué habitación estoy? ¿Y por qué demonios tuvo que enviarme rosas? No podían ser, no sé, ¿tulipanes o lirios?

Tomo el arreglo floral con la intención de botarlo, pero por primera vez siento curiosidad por cómo huelen las rosas. Nunca huelo las que «él» me envía, ya que, de alguna forma, se sienten asquerosas y están infestadas por su aroma, pero estas... Eran una disculpa, y nunca nadie se ha disculpado conmigo.

Dejándome llevar por mi curiosidad, las acerco a mi nariz e inhalo. El aroma es ligero y dulce. Aspiro una vez más, disfrutando del olor. Ahora entiendo por qué a las mujeres les encantan tanto las rosas. Dejo las flores en su lugar y retomo mi rutina de cuidado facial.

Aún la idea de que ese hombre, O'Connor, sepa en qué habitación estoy, me eriza la piel. Aunque quizá solo está siendo amable y de verdad lamenta haber estado a punto de derribarme. Pudo haber preguntado por mi habitación en la recepción o el repartidor preguntó por mí y le indicaron cómo llegar. Tal vez no sabe en cuál de todas las habitaciones de lujo me encuentro.

Por una vez, decido no confiar en mi instinto, y cuando los miembros de mi cuerpo se vuelven demasiado pesados, me acuesto.

Mañana será un largo día.

Ethan

Sin hacer ruido, entro en la *suite*. Todo está oscuro, pero conozco cada una de estas habitaciones como la palma de mi mano. A fin de cuentas, yo las diseñé. Encuentro el arreglo de rosas sobre la mesita del salón y una ligera sonrisa curva mis labios. No las botó. Me había estado preparando con la idea de que las hubiera botado y que tendría que llevármela a la fuerza. Eso ya no sería necesario.

Con el mismo cuidado que abrí la puerta principal, abro la que da a la habitación. A diferencia de la sala, que se encuentra completamente a oscuras, la lámpara de una de las mesitas de noche se encuentra encendida.

¿Le tendrá miedo a la oscuridad?

La idea me hace sonreír de verdad.

Me tomo unos minutos para observarla dormir; duerme de medio lado, con una de las almohadas abrazada contra su pecho. La colcha la cubre hasta la barbilla. Su cabellera negra azabache se encuentra extendida por toda la almohada. Me pregunto si sus mechones serán tan suaves como parecen.

«Averígualo. Tócala».

No, maldición. Está dormida.

«Le quitas la diversión a todo».

Vete a la mierda.

Me acerco en silencio, no queriendo atormentar su sueño. Tendré tiempo para su ira cuando se percate más adelante de que fue secuestrada. Con suma suavidad, más de la que alguna vez me creí capaz, paso un brazo por debajo de su espalda y otro por debajo de sus muslos y la alzo en brazos al estilo nupcial. Su cabeza descansa de inmediato sobre mi pecho y por unos segundos solo me quedo de pie en medio de la habitación. Se sentía extraño cargar a una mujer así. En realidad, es la primera vez en años que me acerco así a una mujer. No recuerdo cuándo fue la última vez que tuve un encuentro casual.

De hecho, evito involucrarme con las mujeres. Son peligrosas. Tienen el poder de doblegar hasta al más duro de los hombres, y yo no me encuentro dispuesto a arrodillarme ante nadie.

«Puedo oler la inocencia que desprende».

—Cállate —escupo entre dientes.

Mila se remueve entre mis brazos y deja escapar un quejido. Sin pretenderlo, mis brazos se aprietan a su alrededor, acercándola más a mi pecho.

«Casi la despiertas, imbécil».

Cada músculo de mi cuerpo se tensa por la ira. Necesito sacarme esa puta voz de la cabeza. Va a volverme loco.

No tomo ninguna de las pertenencias de Mila, ya enviaré a

alguien para que venga por ellas. Abandono la habitación y me dirijo a la salida de emergencia. Son varios tramos de escalera que tengo que bajar, pero apenas siento el esfuerzo. En la parte trasera del hotel, me espera un todoterreno blindado, por lo que subo a él en cuanto salgo.

Pongo a Mila de forma erguida contra el asiento y ato sus manos detrás de su espalda. Por último, le pongo el cinturón de seguridad.

—¿Listo, jefe? —pregunta Ryan desde el asiento de copiloto.

—Sí. Tenemos que llegar lo más rápido posible al avión privado, no quiero que se despierte hasta que estemos fuera de Rusia.

—Sí, jefe.

Observo a Mila con detenimiento por primera vez; sus rasgos son juveniles, tiene una pequeña nariz de botón y labios carnosos. Hay un lunar en su mejilla derecha, otro en su quijada y uno en la mitad del lado derecho de su cuello. Es como un camino...

«...Que jodidamente tenemos que seguir».

Gruño de forma audible, lo que atrae la atención de Ryan sobre mí, pero lo ignoro. Crecimos juntos, por lo que está acostumbrado a cada una de mis rarezas. No es un secreto para él que estoy mal de la cabeza.

El camino hasta mi pista privada parece más largo de lo normal, y solo me permito relajarme cuando el avión despega.

Miro a Mila dormir frente a mí. Ahora todas las piezas están en su lugar.

Que empiece el juego.

TRES

Mila

Una fuerte sacudida me saca abruptamente del sueño.

¿Es un terremoto lo que sentí?

Suelto un chillido cuando vuelve a temblar. Completamente desorientada, miro a mi alrededor. El miedo recorre mi cuerpo de inmediato cuando me percato de que no estoy en mi habitación. Estoy en un maldito avión. Intento levantarme, pero mi cuerpo se niega a moverse. Mi respiración se vuelve pesada al darme cuenta de la jodida situación en la que me encuentro.

Me secuestraron.

Mi pánico aumenta al escuchar fuertes pisadas dirigiéndose en mi dirección.

—Veo que ya despertaste, princesa. —El *shock* azota mi cuerpo. Es el señor O'Connor. Diablos, el hombre del bar, el que creí por unos estúpidos momentos que de verdad se había disculpado conmigo, es mi secuestrador—. Parece que te he dejado sin palabras.

Una sonrisa arrogante recorre su rostro. Debí seguir a mi instinto. Mi cuerpo se encuentra en completa alerta por su presen-

14

cia, no solo porque me secuestró, sino porque siento lo peligroso que es y la oscuridad que emana. Su mirada era un reflejo de eso.

—Mi padre va a matarte —digo las palabras con seguridad, negándome a permitirle ver lo asustada que estoy—. Te cazará y hará pedazos.

Mis palabras, en vez de inquietarlo, lo hacen reír a carcajadas, lo que me pone los vellos de punta. Lo sigo con la mirada cuando toma asiento frente a mí; parece divertido.

—A ver, princesa, creo que aún no te has dado cuenta de a quién tienes frente a ti. Soy Ethan O'Connor, el capo de la mafia de Los Ángeles, y tú, cariño, eres mi boleto para que la Bratva deje de joder en mis asuntos.

La comprensión me golpea con fuerza. Soy tan estúpida por no reconocer su apellido. Lo he escuchado un par de veces salir de la boca de mi padre, es la mano derecha del Pakhan, pero nunca le presté atención. Solo sé que es miembro de los cinco cabecillas del Priesthood. Este mundo en el que me vi obligada a vivir no me interesa en absoluto, pero mi ignorancia ahora me costará mi libertad.

Mi padre no podrá venir por mí. Eso significará la guerra con la Cosa Nostra y yo no valgo lo suficiente para él, ni para la Bratva.

Por primera vez, la realidad en la que vivo me golpea. Pasé toda mi vida en una burbuja, creyendo que la mierda de mi padre nunca me tocaría, pero ahora puedo ver cuán equivocada estuve. Un miedo frío y espeso me oprime el corazón y mi respiración se acelera.

¿Cómo voy a escapar de un capo de la mafia?

La realidad es que no podré hacerlo, pero ¿qué me hará si no lo logro? Matarme no parece ser una opción para él; si no, ya lo hubiera hecho. ¿Tal vez va a violarme? El simple pensamiento revuelve mi estómago y me estremece. El hecho de no saber qué hará conmigo, y que he perdido el completo control de mi vida, me lleva en espiral hasta quedarme sin aliento.

Permanezco sentada, temblando y luchando por respirar. Mientras, pienso en los miles de escenarios, donde uno es peor que el otro. De pronto, dos fuertes y grandes manos toman mi rostro.

—Respira.

Su tono duro me hace temblar como una hoja, pero, de alguna forma, la calidez de sus manos se siente reconfortante. Dicho pensamiento desaparece cuando sus siguientes palabras me golpean como un rayo.

—Respira o haré que maten a tu padre.

Una respiración estrangulada me hace sacudirme en su agarre. Odio a mi padre, pero me niego a ser yo quien le dé lo que ha querido tanto tiempo luego de la muerte de mi madre.

Sin dejar de mirar sus duros ojos, que son como dos gemas de obsidiana negras brillando por un caos de emociones contenidas, me obligo a tomar una bocanada de aire. La que, en esta ocasión, llega a mis pulmones.

—Eso es, princesa, respira.

No me dejo engañar por la suavidad de su tono. Ahora sé que es un increíble actor.

Aparto mi rostro de su cálido tacto y me pego al asiento para estar lo más lejos de él.

—No vuelvas a tocarme nunca más —digo con la ira sustituyendo el miedo.

Alza las manos y regresa a su asiento.

—Como quieras. Solo asegúrate de no volver a hacer esa mierda.

—¡Es tu culpa! —grito sin poder contenerme—. ¡Me secuestraste, maldición! Juro por Dios que voy a matarte en cuanto tenga la oportunidad —gruño las palabras. La ira es mejor que el miedo, y me aferraré a eso todo lo que pueda. No debo perder la compostura de nuevo frente a él.

—Así que hay una pequeña fiera debajo de toda esa aparente

calma. —Otra estúpida sonrisa recorre su rostro—. Me gusta. Hará esta situación más divertida.

—Vete al infierno.

Algo oscuro y salvaje ensombrece su rostro, lo que hace que el miedo regrese. Debe verlo en mi rostro, porque su sonrisa se ensancha.

—Será mejor que no olvides frente a quién te encuentras, porque si me provocas siquiera un poco más, no dudaré en hacer tu vida un infierno. —Se inclina hacia adelante y enjaula mi cuerpo, poniendo sus brazos a mi lado, lo que me obliga a levantar la cabeza para sostener su oscura mirada—. Ahora me perteneces. Si te digo que saltes, quiero que preguntes qué tan alto. Mantén la boca cerrada y puede que vivas lo suficiente para regresar algún día con tu padre. —Alejo el rostro cuando se acerca, lo que nos deja a solo un par de centímetros, y me maldigo por ello—. ¿Lo entiendes, princesa?

Quiero gritarle que se vaya a la mierda y que deje de llamarme así, pero soy lo bastante inteligente como para tomar su amenaza en serio. Vi más de una vez lo que los hombres del Pakhan les hacen a los traidores, o a los que se atreven a desobedecerlo, y ni toda la ira del mundo es suficiente para no hacerme estremecer del miedo. Quiero conservar mi cordura y, si es posible, todas las partes de mi cuerpo intactas.

Asiento sin dejar de mirarlo. Estoy aterrada, pero no voy a ser la primera en bajar la vista.

—Usa tus palabras, princesa.

—Lo entiendo.

«Idiota», agrego mentalmente.

Con una última mirada a mi rostro, regresa a su asiento y deja caer la cabeza contra el respaldar. Solo me permito respirar con tranquilidad cuando cierra los párpados. Cada vez que lo veo a los ojos, siento que estoy observando los pozos del infierno; es desconcertante el caos que hay en su mirada, su cordura, o lo poca que le queda, pende de un hilo. Eso debe ser suficiente incentivo para que mantenga la boca cerrada. No está en mi naturaleza hacerlo, pero cada vez que puedo, le doy pelea a mi padre. Nunca fui la perfecta princesa de la Bratva. Si hubiera podido elegir mi vida, dedicaría todos mis años al modelaje. El único motivo por el que mi padre no me prohíbe hacerlo es porque amó a mi madre con cada pedazo de su alma rota y nunca hizo algo para molestarla. Así que respetará su última voluntad hasta el día de su muerte.

Incluso después de muerta, mamá continúa protegiendo mi felicidad.

Una ola de tristeza alcanza mi corazón. Si mamá estuviera viva, tal vez nada de esto hubiera pasado. Papá dejó de temerle a la muerte en cuanto mamá murió. Por lo que he oído, ha convencido al Pakhan en innumerables ocasiones de ir a una cantidad desconcertante de enfrentamientos con las pequeñas organizaciones criminales en Rusia. Sin embargo, la realidad es que papá quiere que lo maten, así podrá reencontrarse con el amor de su vida. Si él alguna vez me amó, nunca lo sabré, y tampoco quiero saberlo. Dejé de esperar algo de él desde que tengo cinco años.

Miro por la ventana del avión sin saber qué haré cuando lleguemos a nuestro destino. Mi fuerza está volviendo poco a poco y puedo mover ligeramente las piernas, lo que quiere decir que me drogaron. Con suerte, cuando el avión aterrice, tendré la suficiente fuerza para correr e intentar escapar. No es el mejor plan, pero tendrá que servir de algo.

Me niego a aceptar sin luchar mi nuevo destino.

Estoy en completa alerta cuando el avión aterriza. Ethan no ha movido ni un músculo desde que cerró los ojos, y una parte de mí espera que haya muerto mientras duerme. Sin embargo, para mi absoluta desgracia, sus ojos se abren en cuanto el piloto nos informa que ya es seguro que bajemos.

Su mirada se encuentra con la mía y reprimo un escalofrío. Por más terror que me cause, no voy a retroceder. Antes muerta que permitir que este hombre me vea flaquear.

—¿Disfrutaste el viaje, princesa?

Cada músculo de mi cuerpo se tensa, pero no respondo. Se acerca y desabrocha mi cinturón de seguridad para luego tomarme del brazo y ponerme de pie. Su rostro está a pocos centímetros del mío, y puedo sentir el calor de su respiración caer sobre mis labios, lo que provoca que se me erice la piel.

No me gusta la forma en que mi cuerpo responde ante su cercanía, a pesar de la situación en la que me encuentro.

—No intentes nada estúpido, como huir. Ahora estás en mi territorio, y a cualquiera que intentes pedirle ayuda, terminará muerto. ¿Quedó claro?

La bilis me sube a la garganta. Quiero golpearlo, gritarle y correr, pero reprimo todo el miedo, la ira y la tristeza, y asiento. Nos miramos por varios segundos, pero a lo que a mí respecta, parecen horas, y cuando por fin comienza a caminar en dirección a las escaleras, dejo escapar un suspiro. Se hace a un lado cuando llegamos a ellas, y no tiene que decirme que espera que camine por delante de él. De hecho, estaba planeando la mejor forma de empujarlo por las escaleras para que se rompiera el cuello. No le dedico ni una sola mirada y comienzo a bajar.

Observo mi entorno; hay cuatro camionetas esperando al pie de las escaleras y alrededor de diez hombres observándonos fijamente. Sí, correr no servirá en este momento. Evito mirar a los hombres frente a mí cuando mis pies descalzos entran en contacto con el asfalto. El imbécil de mi secuestrador ni siquiera pudo traerme zapatos. Me concentro en el hermoso atardecer, ignorando a todos a mi alrededor. Si no logro escapar, tal vez Ethan me encierre, quizá esta será la última vez en mucho tiempo que pueda apreciar un atardecer.

Siento movimiento a mi alrededor, pero me obligo a mantener la atención en el cielo. Cuando unas manos me toman del brazo, sin pensarlo, lanzo el puño en dirección al hombre que me está tocando. El dolor de inmediato recorre mi brazo derecho.

—*Blyat!*[1] —exclamo entre dientes.

Me observo los nudillos rojos y hago una mueca al mover ligeramente los dedos. Dar un puñetazo duele, pero se siente bien. Ahogo un grito cuando me toman de los hombros, lo que me obliga a enfrentar la mirada colérica de Ethan.

—¿Qué demonios crees que acabas de hacer? ¡Te dije que no hicieras nada estúpido!

Sin importarme mi vida, pierdo los nervios.

—¡Puedes irte a la mierda, Ethan O'Connor! ¡No haré nada de lo que me digas! ¡Haz lo que quieras; no me importa! —grito en ruso sin importarme que no entienda. Estoy furiosa. Aparté la vista y me fijé en el hombre que me tomó del brazo: hay un ligero enrojecimiento en su quijada, lo que me llena de pura satisfacción —. Vuelve a ponerme una mano encima y te la cortaré —le digo, regresando al inglés.

No estoy a favor de la violencia, pero eso no significa que voy a seguir permitiendo que me mangoneen como a una muñeca. Ya es bastante grave que me saquen de mi país inconsciente.

Sus cejas se alzan en evidente sorpresa, luego, dejándome completamente helada, me dedica una sonrisa coqueta y me dedica un guiño.

—Me agradas. Es la primera vez que una mujer me amenaza y golpea.

Con la boca abierta, lo observo entrar a una de las camionetas. Los demás hombres, en lugar de observarme con ira, lo hacen con evidente respeto. Todos ellos deben estar jodidamente locos, lo cual es lógico, teniendo en cuenta al loco de su jefe.

—Vuelve a golpear a alguno de mis hombres y tendremos problemas.

Sintiéndome estúpidamente valiente, lo miro con una ceja alzada.

—¿Acaso tus hombres no pueden defenderse por sí solos? —digo—. Ahora entiendo por qué estás tan desesperado por detener esta guerra. La Bratva acabará contigo.

Veo el momento exacto en que sé que hablé demasiado. Algo oscuro y salvaje tensa sus facciones, lo que me obliga a retroceder un paso a pesar de mi anterior valentía. Fui demasiado lejos.

—Entra en el puto coche antes de que haga algo de lo que me arrepienta —gruñe señalando la camioneta en la que entró el hombre que golpeé. Sin pensarlo dos veces, hago lo que dice.

Me pego al otro extremo de la camioneta cuando se sienta a mi lado en la parte trasera. Puedo sentir las oleadas de ira saliendo de él con fuerza. Tendré suerte si sobrevivo una semana, no puedo obedecer una orden ni para salvar mi propia vida.

—Vámonos a casa, Ryan.

—Sí, señor.

Mis ojos se encuentran con los del hombre que golpeé, que ahora sé que se llama Ryan, y me guiña un ojo. Mi mirada se aparta de los suyos cuando oigo un gruñido retumbar en el pecho del demonio de rostro angelical a mi lado.

Maldición, solo quiero hacerme tan pequeña para poder desaparecer sin que Ethan se dé cuenta. Pero lo provoqué, ahora tengo que ponerme los pantalones de niña grande y enfrentar las consecuencias. Solo espero que esta vez no me cueste la vida.

CUATRO

Ethan

Contener mi ira requiere total determinación y atención. No soy alguien conocido por ser volátil, en general, soy un tipo tranquilo que solo deja salir a la bestia cuando necesita torturar a alguien para obtener información o para matar. Pero en menos de veinticuatro horas, Mila ya me ha hecho enojar dos veces hasta el punto de querer matarla; todo un puto logro.

Nunca me molesto, solo me irrito.

Observo a Mila por el rabillo del ojo mientras mira por la ventanilla las calles de Los Ángeles, y sé que haberla secuestrado será un puto dolor de cabeza, no por su padre, sino por su insoportable comportamiento. ¿Acaso no les enseñan a las princesas de la mafia a permanecer en silencio? Estoy seguro de que la mujer a mi lado no podrá hacer silencio ni para salvar su propia vida.

Aparto la atención de Mila y, en el proceso, me encuentro la mirada de Ryan en el retrovisor. También estoy irritado con él. Esa mierda que hizo de sonreírle y guiñarle un ojo no me gustó. Se supone que ella es el enemigo, un medio para un fin, por lo que no quiero que se encariñe con ella. De los dos, él es el más sentimental, y desde ahora sé que hará todo lo posible por hacerla sentir cómoda.

Saco el teléfono y comienzo a responder los correos y mensajes pendientes de la empresa y mis clientes. Si continúo pensando en ellos, me explotará una puta vena.

«Deberías castigarlos».

No son niños y no tengo tiempo para eso.

«Eso no fue lo que pensaste cuando la viste caminar frente a ti».

Aprieto la mandíbula ante mi molesta «conciencia». Cada día estoy más seguro de que terminaré en un maldito loquero.

Ese pensamiento no fue más que un error. No voy a castigarla.

Una risa similar a la mía, pero mucho más retorcida, inunda mi mente.

«Si mentirte a ti mismo ayuda, te dejaré hacerlo, pero ambos sabemos que no es un error».

Reprimo la tentación de gritarle en voz alta que se calle y me concentro tanto como puedo en los correos ante mis ojos. Debo ignorar la imagen de una Mila con las mejillas húmedas y sonrojadas mientras la tengo sobre sus manos y rodillas y la azoto. Mi «conciencia» es una hija de puta por evocar aquellas imágenes, pero desde que tengo memoria, torturarme ha sido el único motivo de su existencia, mas eso no evita que mi cuerpo se caliente y el traje se sienta demasiado apretado contra mi cuerpo.

No está sucediendo, maldita sea.

Casi suspiro de alivio cuando diviso mi edificio y me obligo a no salir corriendo del coche cuando Ryan lo detiene. Necesito una ducha fría y estar lo más lejos posible de esta mujer. Va a volverme loco. En solo horas, está volviendo mi mente racional y ordenada en un puto desastre.

Le doy la vuelta al vehículo y le abro la puerta, porque ante todo, mi madre crio a un caballero. Mila me enarca una ceja, pero en vez de soltar algún comentario ingenioso, se baja del coche. El sonido de sus pies descalzos contra el suelo atrae mi atención, y es entonces cuando me percato de su estado actual. Cuando la saqué de su habitación envuelta en la colcha de cama, no vi la ropa que usa para dormir, pero esta se quedó en el avión, por lo que ahora soy plenamente consciente de la poca ropa que cubre su cuerpo. Un *short* que sé que apenas le tapa el trasero y una camisa de satén tan ajustada que me permite ver la forma de sus pezones, endurecidos por el frío.

Cada músculo de mi cuerpo se tensa cuando me doy cuenta de que mis hombres la vieron en este estado, y no me gusta ni un poco la emoción que recorre mi cuerpo, así que la hago a un lado.

Se mueve incómoda sobre sus pies, lo que me recuerda que la he estado observando fijo en completo silencio. Alejo la mirada de su cuerpo, y me quito la chaqueta del traje y la coloco sobre los hombros. Antes de que pueda protestar, la levanto al estilo nupcial.

Siento el jadeo que deja salir cuando la pego a mi pecho y comienzo a caminar hacia el elevador. Entonces, parece reaccionar.

—¡Oye! ¡Bájame!

Aprieto los brazos a su alrededor y continúo caminando. Saludo a los dos guardias que se encuentran a los lados del elevador y entro en él, a mi espalda escucho las pisadas de Ryan. Mila continúa golpeando mi pecho y moviéndose con desesperación entre mis brazos para bajarse. Completamente harto, la inmovilizo con una severa mirada.

—Basta. Si te caes, puedes hacerte daño.

Mis palabras, en lugar de calmarla, parecen alimentar su ira.

—¿Hacerme daño? ¿Acaso te golpeaste la cabeza de camino aquí? —pregunta, irritada, lo que le da la apariencia de un pequeño puma bebé—. Me secuestraste. ¿Entiendes lo que eso significa? Así que no tienes ningún derecho de preocuparte por mi estado físico. Ahora, bájame.

Tomo una inhalación profunda y analizo los pros y contras de cortarle la lengua. Rápidamente, descarto la idea, necesito mantenerla en una sola pieza para mantener manso a su padre.

—No. —Sus cejas se alzan y veo en su mirada el momento exacto en el que decide continuar discutiendo—. Estás descalza —agrego y bajo la mirada a sus pies desnudos. Tiene las uñas pintadas de un rosa claro que contrasta con el fuego que arde en su interior. El rojo sería un color más adecuado para ella.

—Antes no pareció importarte —dice, y puedo percibir la acusación en sus palabras, lo que devuelve mi atención a su rostro.

—Estaba distraído.

No voy a disculparme, las palabras «lo siento» no forman parte de mi vocabulario, pero eso es lo más cercano que tendrá a una disculpa. La tensión abandona ligeramente mi cuerpo cuando no continúa discutiendo, por lo que los siguientes dos minutos en el ascensor son una jodida paz.

En esta ocasión no puedo evitar perderme, aunque sea por un momento, en la sensación de su cuerpo contra el mío. Siento su respiración contra mi cuello, lo que eriza cada uno de mis vellos. Es extraño que, en menos de veinticuatro horas, la haya tenido dos veces en esta posición y que no haya querido alejarla en ninguna de las ocasiones. En realidad... todo lo contrario.

«Mmm. Se siente extrañamente bien».

En cuanto las puertas se abren, la pongo de pie sobre mi suelo de baldosas; aquí no hay nada con lo que pueda lastimarse. Además, tengo que alejarme tanto como pueda de ella. Pensar en Mila de esa forma no parece correcto.

Mi atención se centra en la dirección en la que se encuentra mi habitación, pero escucho el sonido de unas garras contra el suelo. A mi lado, Mila retrocede y se esconde de forma parcial detrás de mi cuerpo cuando Zeus aparece, lo que me provoca una satisfactoria sonrisa. Le tiene miedo a los perros. Tal vez pueda torturarla un poco, pero eso tendrá que esperar, me encuentro demasiado cansado como para seguir lidiando con ella.

—Zeus. Sentado.

Mi perro, como el buen chico que es, obedece y se sienta a un par de pasos de nosotros. Miro a Mila, que continúa viendo a Zeus con terror en los ojos. En cambio, Zeus la observa con curiosidad mientras mueve la cola. Las únicas personas que vienen a mi casa son Ryan, Bentley y mi madre, por lo que oler a alguien nuevo debe ser emocionante para él.

—No te hará daño —digo, y sin poder evitar molestarla un poco, agrego—: A menos que corras. Está entrenado para perseguir a quien se lo ordene.

Un temblor azota su cuerpo, lo que aumenta mi diversión. Me gusta saber que soy yo quien le provoca este miedo. Aunque debo admitir que su espíritu luchador también es divertido, solo que este me molesta más.

—Está bien. No correré.

Me abstengo de decirle «buena chica» y comienzo a caminar en dirección contraria a mi habitación. Solo le indico que me siga con un movimiento de la mano.

—Ryan, espérame aquí.

—Sí, jefe.

A pesar de que no lo miro, puedo percibir la sonrisa en su rostro y lo divertida que le parece la situación. Sin duda, encontrará la forma de molestarme con esto.

Subo las escaleras en dirección a las habitaciones de invitados más alejadas de mí. No la quiero cerca mientras duermo. Elijo la que tiene las mejores vistas, al menos así podrá apreciar lo brillante y hermosa que es mi ciudad.

—Esta será tu habitación. Mañana traerán tu equipaje.

Puedo decir por su expresión, algo asombrada, que esto no era lo que estaba esperando. Ahora me mira a mí.

—¿No vas a encerrarme en tu oscura y aterrorizante cámara de torturas?

No puedo evitar reírme, lo que me toma por sorpresa. Parece que la señorita Drozdova tiene sentido del humor. Me gusta.

—No, no voy a hacerlo. —Doy un paso en su dirección y me alegra ver que no retrocede. Me inclino y acorto la distancia entre nuestros rostros, lo que me permite percibir el aroma de su champú. Es embriagador, y la bestia en mi interior se mueve inquieta, anhelando más—. Siempre y cuando seas una buena chica.

Tan rápido como un rayo, sus pupilas se dilatan y una sombra de deseo las oscurece. Por supuesto, con la misma rapidez, la ira ilumina sus ojos como dos hermosas gemas. Mas el pensamiento de que mis palabras tienen un efecto sobre ella no desaparece.

Las posibilidades eran infinitas.

—Buena chica, mis cojones. ¿Cuándo has escuchado que un rehén obedece a su secuestrador? —dice, cruzándose de brazos.

Río entre dientes ante su respuesta.

—Lo hacen aquellos que son inteligentes. —Señalo con un dedo su cabeza—. Cosa que parece que no eres. —Frunce el ceño, pareciendo buscar una respuesta ingeniosa, pero no le doy el tiempo suficiente para decirla—. Mañana mis hombres traerán tu equipaje. Mientras tanto, mi ama de llaves te ha dejado algo de ropa en el baño por si decides ducharte.

—¿Por qué no lo traen ahora?

Suspiro. Es mi primera vez que actúo como secuestrador, pero estoy seguro de que los rehenes no suelen sentirse tan valientes y preguntones. Algo debe estar mal en la cabeza de esta mujer. Estoy seguro de que cualquier otra persona estaría llorando y suplicándome que la deje ir.

—Mis hombres están revisando que no haya ningún dispositivo de rastreo en tus pertenencias y tu teléfono. No quiero que tu padre sepa que te tendré aquí.

Su ceño vuelve a fruncirse.

—¿Por qué?

No puedo evitar que una sonrisa se forme en mis labios.

—Quiero que se imagine lo peor.

La ira reemplaza rápidamente la tranquilidad en su mirada.

—Eres un imbécil.

—Me han dicho cosas peores, princesa.

—No me digas princesa.

No me molesto por su boca contestona, en su lugar, la diversión baila en mi interior. Al menos, por ahora.

—¿Por qué? ¿Te molesta? —A pesar de que me dijo que nunca le pusiera de nuevo las manos encima, la tomo del mentón y, para mi sorpresa, no se aleja ni me da un golpe bajo—. Déjame decirte algo, eres una princesa de la Bratva, así que el apodo te queda.

—Tengo un nombre.

—No me importa.

Lo cierto es que llamarla por su nombre me parece demasiado personal, y no quiero involucrarme más allá de lo necesario.

«¿Más personal que tocarla e invadir su espacio físico? No lo creo, solo es otra mentira a ti mismo».

Gruño para mis adentros.

—Entonces, tampoco voy a llamarte por tu nombre.

Enarco una ceja.

—Entonces, ¿cómo lo harás? —pregunto con genuina curiosidad.

—Bestia —me dice.

Irónicamente, es como llamo a la voz en mi interior, por lo que no pudo ser más acertado. De igual forma, no puedo evitar arrugar el rostro.

—Qué poca creatividad tienes para los apodos. Puedes hacerlo mejor. Dame otro.

Frunce el ceño, pensativa. Creo que esta es la primera vez en un lapso corto de tiempo que no nos gritamos. Es refrescante.

—Demonio.

Bufo, decepcionado. ¿En serio eso es lo mejor que tiene?

—Te daré toda la noche para pensarlo, pero mañana a primera hora quiero saber qué apodo me pondrás.

Es estúpido lo que estoy haciendo, pero también es entretenido, y usaré todo lo que tengo para molestarla y divertirme con ella.

—¿O si no qué?

Con mi agarre en su mentón, acerco mi rostro al suyo. Ella respira de mi aliento, y hay algo tan íntimo en el acto que todo mi cuerpo se calienta. La tensión parece aumentar en el aire, pero ninguno retrocede, lo que me hace sonreír. Los juegos son más divertidos cuando tu contrincante no se intimida con facilidad.

—Me aseguraré de que Zeus sea tu acompañante cuando me vaya a trabajar.

El miedo brilla en sus ojos, al igual que el deseo, y aunque es sutil, es suficiente para alimentar a mis demonios.

—Estoy segura de que encontraré algo para un idiota como tú.

Dejo pasar el insulto y retrocedo hasta la puerta. Ya fue suficiente por hoy.

—Hay un armario a tu derecha y un cuarto de baño a tu izquierda. Y por lo que más quieras, no intentes escapar mientras duermo. Este edificio es una fortaleza. No lograrás entrar al ascensor.

Se usa una llave de seguridad que solo tenemos Ryan y yo, y se abren desde abajo cuando escaneo la llave de seguridad en la gaceta de vigilancia. Si alguien logra pasar esa primera línea de seguridad, cualquiera que no sea Ryan o yo quedará inconsciente por un gas cuando las puertas del ascensor se cierren. No tiene escapatoria.

—Tal vez lo logre si lo intento.

Su seguridad me hace reír. No recuerdo la última vez que me reí dos veces seguidas en tan poco tiempo. Ignoro el pensamiento tan rápido como llegó.

—Eres libre de intentarlo. Una última cosa, mi habitación y mi oficina están prohibidas. Rompe esa regla y me aseguraré de encerrarte bajo llave —digo, regresando a la seriedad que exige la situación.

Toda pequeña diversión desaparece de su rostro y, en su lugar, este se vuelve pálido.

—Vete. Quiero dormir.

Asiento, sabiendo que ya fue demasiada interacción entre nosotros por hoy.

—Buenas noches, princesa.

Cierro la puerta y me dirijo a la sala, donde encuentro a Ryan sentado en mi sofá, viendo un partido de fútbol americano mientras bebe una de mis cervezas.

—Por supuesto, siéntete como en casa. —Me desvío a la cocina, tomo una cerveza para luego sentarme a su lado—. Por fin —digo con un suspiro. Doy un sorbo a la cerveza y me relajo en cuanto esta se desliza por mi garganta—. Creí que iba a morir de un aneurisma si tenía que soportar a esa mujer un minuto más.

Aunque es tortuosamente contradictorio cómo me divierte e irrita en partes iguales hablar con ella.

Ryan a mi lado se ríe entre dientes sin apartar la mirada del televisor. Están jugando Los Angeles Rams contra los Minnesota Vikings. No soy fanático del fútbol, pero Ryan sí, así que cada vez que puedo lo acompaño. Nos criamos juntos; su padre fue jefe de seguridad del mío toda su vida. Hasta que murió en el último atentado que le hicieron a mi padre antes de que me volviera capo.

Lo criaron para que fuera mi sombra, pero es mucho más que eso. Es mi hermano.

—¿Seguro que quieres mantenerla aquí contigo? —pregunta luego de varios minutos en silencio.

—Sí. ¿Por qué la pregunta? —Desvío la atención de la pantalla para encontrarlo mirándome—. ¿Crees que me aprovecharé de ella?

Niega de inmediato.

—Sabes que nunca pensaré eso de ti, hermano. Escucha, la amenazaste y le gritaste, nunca tratas así a una mujer. Y te enojaste con ella; creí que ibas a matarla en cualquier momento. Ese no es el Ethan que conozco.

Suspiro y bebo lo último de mi cerveza. Tampoco soy fanática de ella, pero a Ryan le encantan. Se juega la vida todos los días por mí, y lo menos que puedo hacer es acompañarlo mientras bebe.

—Es mi rehén, no voy a mimarla y a ser cariñoso. Necesito que me tenga miedo para que haga lo que le digo.

Aunque parece que el miedo no ejerce suficiente control sobre ella. ¿Tal vez hay otra cosa a la que le tema aún más y por eso nada de lo que hago funciona?

—Lo sé, pero me preocupa que pierdas los nervios con la mujer y la lastimes. Ella no tiene la culpa de lo que su padre y el Pakhan ruso hacen contra nosotros.

Noto que quiere decir algo más, pero duda. A veces creo que teme que un día me comporte con él como el hijo de puta que todos saben que soy, pero nunca he abusado de nuestra amistad para manipularlo o presionarlo más allá de lo que sé que puede dar.

—Escúpelo, Ryan —digo, expectante.

—Puede quedarse conmigo. Sabes que voy a protegerla.

Niego, palmeando su hombro.

—Sé que lo harás si te lo pido, pero te conozco lo suficiente como para saber que si te dejo unos días con ella, te volverás su amigo. No quiero que te involucres más allá de lo necesario. A la más mínima oportunidad que tenga, intentará matarte para escapar.

Veo como la realidad se asienta sobre sus hombros. No estuvo de acuerdo cuando le dije que iba a secuestrar a Mila. Él considera que la familia de un hombre tiene que dejarse fuera de los negocios, y aunque tal vez tiene algo de razón, no funciono de esa manera. Mi brújula moral es una mierda, solo funciona cuando sé que me conviene. A diferencia de Ryan, que siempre ha sido el bueno de los dos. No se confundan, no es un santo, puede torturar y despellejar a un hombre sin inmutarse, pero lo piensa dos veces antes de involucrar a una mujer en los negocios.

—No la lastimaré, y si considero que es demasiado para mi paciencia, la encerraré en el piso de abajo.

«O en nuestra cámara de torturas».

Reprimo una sonrisa al recordarlo.

Todo el edificio es mío, así que hay algunos pisos desocupados. Los uso cuando necesito ocultar algo —o a alguien valioso— por un tiempo breve.

—Bien, pero llámame en cuanto se ponga demasiado difícil. No puedes matarla.

Asiento, poniéndome de pie.

—No la mataré.

«Solo la maltrataremos un poco».

Cierro los ojos al escuchar su maldita voz. Estuvo demasiado tiempo en silencio, pero una parte de mí esperó que hubiera desaparecido de una maldita vez.

—¿Qué pasa, jefe? —pregunta Ryan con tono preocupado.

Niego.

—Cierra todo antes de irte.

Sin una palabra más, me retiro a mi habitación. El día ha sido demasiado largo. Entre las horas en el avión y mis enfrentamientos con Mila, quedé completamente agotado. Los años, sin duda, no se estaban volviendo más amables conmigo.

Me doy una ducha rápida para quitarme la suciedad del día y me voy a la cama. Solo cuando mi cuerpo se relaja contra el colchón me permito pensar en mi última conversación con Mila.

—Apenas hablaste mientras estaba con ella y sueles ser más conversador. ¿Por qué te callaste? —le pregunto en voz alta a mi «conciencia» como el maldito loco que soy.

«Es divertido ver cómo te pone de los nervios».

—¿Por qué? —pregunto, cuestionando seriamente mi salud mental.

«No te contienes. Eres real. Nos vuelves reales».

Bufo, enojado como la mierda, por siquiera haber considerado que era buena idea tener una conversación con mi «conciencia». Siempre está ahí, rozando con sus oscuras garras los pocos hilos que quedan de mi cordura.

La primera vez que lo escuché fue cuando maté a mi primera víctima, tenía diez putos años. Creí en ese momento que el espíritu del hombre poseyó mi cuerpo para torturarme por toda la eternidad como castigo por haberlo matado. Sin embargo, a medida que fui creciendo, acepté esta oscuridad en mi interior. No puedo decir que a mi padre le desagradó cuando perdí un par de veces a lo largo de los años las riendas de la bestia y la dejé salir a jugar. Se sentía jodidamente orgulloso cada vez que recuperaba la cordura y veía el desastre que había causado.

Le gusta la bestia que hay dentro de mí. La prefiere mil veces antes que a mí.

«Lo mataré por ti».

—No necesito que mates a nadie por mí. Soy el ángel caído, dueño de cada maldito rincón de esta ciudad. Y lo mataré solo cuando lo considere oportuno.

Solo hay algo que odio en este mundo.

A mi padre.

CINCO
Mila

Permanezco toda la noche con la mirada clavada en la puerta y solo me levanto para ir al baño cuando mi vejiga no puede soportarlo más. Las veces que me tocó pasar la noche sola en alguna parte del mundo luego de un evento, nunca tuve problemas para dormir. Ahora me era imposible relajarme lo suficiente como dormir un par de horas. Estoy agotada, pero me inquieta lo que Ethan puede hacerme si entra en la habitación mientras duermo.

Pero lo que más me asusta es el recuerdo de la forma en que mi cuerpo reaccionó cuando me sostuvo del mentón y el olor de su colonia varonil. El miedo y el anhelo me recorrieron en partes iguales, y no sé qué pensar al respecto. Tal vez, durante el secuestro, me golpearon la cabeza por accidente y por eso estoy teniendo pensamientos tan descabellados. Es la única explicación que encuentro lógica.

Es la oscuridad de la habitación, y el peso de mi nueva realidad cae sobre mis hombros. Mi padre ni nadie de la Bratva vendrá a buscarme... Bueno, una sola persona sería capaz de venir por mí y, con sinceridad, preferiría quedarme mil veces con

Ethan que ir con él. Es la encarnación del más vil de los demonios.

La jaula en la que me encuentro ahora no es muy diferente a estar en casa, y ese pensamiento no me provoca ningún consuelo. Parece que, a donde sea que vaya, nunca estaré a salvo. Siempre habrá alguien esperándome a la vuelta de la esquina para usarme a su beneficio.

Cuando el sol se asoma, mi cuerpo se pone alerta. No sé si Ethan es un hombre madrugador, pero necesito salir de esta habitación a pesar de que me aterra la idea de encontrármelo. Ryan de seguro se fue anoche, así que solo estamos él y yo, completamente solos. Si hace algo para lastimarme, no importará cuanto grite, sé que nadie vendrá a ayudarme.

Me pongo de pie con las piernas acalambradas y camino hacia la puerta. Mi cerebro duda en girar la manilla de la puerta cuando descanso la mano sobre esta; voy a volverme loca si permanezco un minuto más en esta habitación. Con ese pensamiento, abro la puerta, teniendo cuidado de no hacer ruido. No salgo de inmediato, asomo la cabeza y miro en ambas direcciones del pasillo.

No hay moros en la costa.

Camino de puntillas hasta llegar a las escaleras y, luego de asegurarme de que la sala está desierta, bajo las escaleras y me dirijo a la cocina. Mi estómago gruñe como recordatorio de que necesitamos comida. Tal vez puedo tomar algo, estirar un poco las piernas mientras camino por el gran piso y luego regresar a mi habitación. Con suerte, si queda algo de ella en mi vida, Ethan se despertará más tarde.

Miro la hora en el microondas en cuanto entro a la cocina: son solo la seis de la mañana. El viaje de Rusia a los Estados Unidos es largo, y Ethan debe estar agotado. Parte de mi tensión desaparece ante ese hecho. Estoy a salvo por un par de horas.

Cuido mis movimientos para no hacer ruido mientras preparo el café. Generalmente, no soy una persona mañanera, pero siempre disfruto de una buena taza de café cuando me levanto. Abro el frigorífico y un jadeo de sorpresa se escapa de mis labios. No hay una mierda. Además de varias cervezas, una botella de leche y restos de comida china, no hay nada ligeramente comestible.

¿Acaso este hombre no consume nada decente?

Tomo la leche y la abro para asegurarme de que no ha caducado. Para mi suerte, aún se puede beber. Comienzo a revisar entre los gabinetes, encontrando varias especias, comida enlatada, platos, tazones y ollas. Solo cuando llego al último gabinete, que se encuentra en una esquina, el más grande, debo agregar, encuentro cereal. No, «cereales». Hay alrededor de veinte cajas de distintos tipos de cereales en el gabinete.

Hay de distintos sabores, marcas, colores y formas. Tomo la primera caja que mis brazos pueden alcanzar, luego saco un tazón y comienzo a servirme. Es por completo irracional que un hombre de su tamaño se alimente solo de cereal.

Ese no es tu problema, me recuerdo.

Estoy por colocar la caja en su sitio cuando algo se mueve en mi periferia. Sin pensarlo, agarro la botella de leche y la lanzo en esa dirección. Luego corro, como si el mismo diablo viniera tras de mí.

Mis pies golpean con fuerza el suelo mientras salgo de la cocina y me dirijo a las escaleras. El miedo forma un nudo en mi garganta cuando escucho el golpeteo de unas patas a mi espalda. Sin poder contenerme, grito.

—¡No! ¡Aléjate, demonio! —Corro con más fuerza cuando llego al segundo piso; en lugar de detenerme en mi habitación, sigo corriendo, cruzo hacia otro pasillo y, para mi horror, este no tiene salida. Intento abrir las puertas de las dos habitaciones que hay, pero ninguna manija cede. Retrocedo con el estómago revuelto y la mirada brillosa mientras el perro de Ethan me acecha, acorralándome—. Vete, por favor —susurro, pero el animal no obedece—. ¡Vete! ¡Ya! —El perro, en vez de lanzarse sobre mí para arrancarme los miembros, se sienta sobre sus patas traseras, mueve la cola y me observa—. Eso. Está bien. Quédate ahí. Eres un buen chico, ¿sí? —murmuro con el cuerpo tembloroso. Con pasos pequeños, me desplazo en sentido contrario a las agujas del reloj para rodearlo y correr a mi habitación, pero en cuanto percibe que estoy demasiado cerca de escapar, ladra y luego gruñe—. ¡Está bien! —le grito, y con el mismo cuidado regreso a mi anterior ubicación.

El miedo en mi sistema crece en grandes oleadas. Gruñe en mi dirección de nuevo y comienza a ladrar mientras se acerca. Acorralándome.

Un sollozo se me escapa. Voy a morir desmembrada por un perro. Ni siquiera logré sobrevivir a un día como rehén. Las lágrimas se deslizan por mi rostro.

No volveré a pisar una pasarela.

No podré seguir viajando por el mundo como le prometí a mi madre.

No crearé mi propia línea de ropa.

No volveré a...

El sonido de fuertes y rápidas pisadas en mi dirección apartan la atención del demonio de cuatro patas y, sin dudarlo, corro a mi habitación. Puedo sentirlo a mi espalda, pero no me detengo. Casi choco contra Ethan cuando está cruzando el pasillo, pero en lugar de esconderme detrás de él para que la bestia no me ataque, aprovecho la oportunidad de su desconcierto y me escabullo entre la pared y su gigante cuerpo.

Me desplomo contra la puerta de mi habitación cuando la cierro a mi espalda. Estoy a salvo. Siento que el corazón se me saldrá de la caja torácica en cualquier momento. Creo que nunca experimenté un miedo tan grande, ni siquiera cuando me di cuenta de que Ethan me secuestró. Mi miedo por los perros se debe a demasiados motivos; son rápidos, fuertes y tienen dientes afilados, pero desde pequeña fui atormentada por ellos y mi padre nunca hizo nada al respecto.

De hecho, estoy segura de que le dijo a «él» sobre mi miedo, porque...

Grito cuando golpean la puerta con fuerza.

—Abre, princesa. Zeus ya se fue.

—¡No te creo! —exclamo, sabiendo que le gustaría torturarme, dejando entrar a ese demonio.

—Abre o derribo la puerta. Tú decides.

Medito unos segundos las opciones. Si derriba la puerta, puede romperla, lo que significa que no tendré nada que me separe del exterior. Él o su bestia podrían entrar mientras duermo.

Con una última inhalación, la abro.

Retrocedo a pesar de que estoy reacia a mostrarme débil frente a este hombre. El motivo: lleva un arma en la mano. Dios, ahora sí va a matarme. No moriré por su demonio perruno, pero sí por su padre, que es el mismísimo Lucifer.

—¿Estás llorando?

Su pregunta me toma con la guardia baja, creí que solo me dispararía para acabar con mi vida.

—Yo no... —No me atrevo a terminar la mentira, cuando da otro paso en mi dirección, y mi rostro aún se encuentra húmedo por las lágrimas—. Tu demonio me persiguió y creí que iba a matarme.

—Se llama Zeus. —La tranquilidad de su tono me desconcierta.

—¿Escuchaste la parte en la que digo que casi me mata?

Tomándome de nuevo con la guardia baja, se ríe entre dientes. Es un sonido varonil y ligeramente rasposo, como si no se riera muy a menudo. Van tres veces que lo escucho reír, pero, de igual forma, el calor que recorre mi cuerpo me sorprende.

Mierda, no.

Sacudo la cabeza internamente. No pienses en ese tipo de estupideces.

—Te dije que no corrieras en presencia de Zeus.

La ira recorre mi cuerpo. Bien, esa es una reacción bienvenida en lugar de la de hace unos segundos.

—No. Tú dijiste que iba a perseguirme si se lo ordenabas. —Mi ira es palpable en cada una de mis palabras, y esta aumenta a medida que avanzo en su dirección—. No estabas en la cocina cuando apareció, y del susto le lancé una botella de leche, y luego corrí. Él me persiguió porque quiso. ¡Casi morí por tu culpa! —Le clavo el dedo en el pecho sin importarme la oscuridad que se arremolina en sus ojos y amenaza con tragarme—. Mentiste, maldita sea. No me equivoqué al pensar en ti como Lucifer.

La comisura de su boca se contrae, da un paso en mi dirección y, antes de que pueda reaccionar, me toma del cuello, pero no aprieta lo suficiente como para cortarme el aire. Aunque la presión que ejerce es más que todo un recordatorio de que puede matarme en un abrir y cerrar de ojos.

—Primero, no vuelvas a llamar demonio a mi perro. Segundo, yo nunca miento, solo omito información. Y este es uno de esos casos. Zeus disfruta jugar con la pelota, así que, cuando le lanzaste esa botella, creyó que ibas a jugar con él, pero luego saliste corriendo. No le gusta que, si inician un juego, no lo terminen. —Paso saliva ruidosamente cuando acerca su rostro al mío. El calor de su respiración me acaricia los labios, lo que provoca que los vellos de mi cuerpo se ericen, y lo detesto—. Tercero, no iba a matarte. Solo ataca cuando «yo» se lo ordeno. Iba a perseguirte por todo el piso hasta que jugaras con él. Y por último. —Me estremezco cuando se inclina, y siento su respiración en mi cuello—. Princesa, me gusta el apodo que elegiste para mí. Me llaman el Ángel Caído después de todo.

Aleja su cuerpo del mío y siento que por fin puedo respirar. Tiene un aura tan dominante que mis piernas flanquean ligeramente cada vez que lo tengo así de cerca, y no es una sensación que disfrute.

Un teléfono comienza a sonar y por unos segundos pienso que es el mío, pero luego Ethan saca el suyo de sus pantalones para dormir y... Mi respiración se entrecorta al percatarme de su estado actual. Lleva el pecho descubierto, lo que deja expuesto todos sus tatuajes. No hay ni un solo espacio en su pecho y brazos que no esté cubierto de tinta, pero eso no me impide apreciar lo tonificado que está su cuerpo y cómo sus pectorales se tensan cada vez que se mueve. Está hablando con alguien por teléfono, pero no puedo concentrarme en nada más que la imagen frente a mí.

El pantalón gris descansa sobre sus caderas y aprecio con todo el descaro del mundo la «V» de su pelvis. Es el camino a la felicidad de cualquier mujer que tiene a un hombre como él enfrente. Mis ojos descienden a pesar de que me repito una y otra vez que estoy siendo muy obvia, pero cuando vislumbro el contorno de su miembro rozando contra el pantalón, mi boca se seca. Tiene la apariencia de ser más grande que cualquiera que haya sentido, podría estirarme como nunca un hombre lo ha logrado y...

Un carraspeo me saca de mis pervertidos pensamientos y de inmediato me sonrojo. Mierda, me atrapó mirándole la entrepierna. Muy bien podría entrar Zeus para matarme y lo recibiría con los brazos abiertos.

—Mis ojos están arriba, princesa. Aunque, por tu rubor, puedo decir que estabas disfrutando de lo que sea que hayas estado pensando.

Mi bochorno aumenta, porque así era, y odio que él, de todas las personas, haya sido el que provocó esos pensamientos.

»—Oh, ya creo que sí. —Sus palabras son un susurro siniestro que llega a cada rincón de mi cuerpo. Se mete el arma en la parte trasera de la cinturilla de sus pantalones y se da la vuelta —. Baja cuando estés lista. Tus cosas ya están aquí.

Lo sigo con la mirada sin poder evitarlo. Su espalda también está cubierta por tatuajes. Hay una frase en lo que parece ser latín en el arco de sus hombros, pero ya está demasiado lejos como para que pueda leerla. Cierra la puerta cuando sale de la habitación y, con un gruñido, me dejo caer bocabajo en la cama.

Necesito dormir o perderé la cabeza.

Evito el contacto visual con Ethan a toda costa. Estoy molesta conmigo misma por no haber podido dejar de admirar su físico. Sí, es atractivo, ¿pero y qué? He estado con hombres igual de masculinos y guapos, así que no comprendo el poco control que mi mente tiene.

Apuñalo una fresa y me la llevo a la boca. No perdí el tiempo desempacando mis cosas cuando los hombres de Ethan las llevaron a mi celda-habitación. Me largaré de aquí a la más mínima oportunidad. No podré llevarme todas mis cosas, ya que tendré que viajar ligero, por lo que prepararé un pequeño bolso de mano, pero para eso necesito mi pasaporte. Cuando revisé mi cartera, para asegurarme de que seguía ahí, me di cuenta de que desapareció, y solo hay un responsable de eso.

Apuñalo con más fuerza la siguiente fresa, deseando que fuera la cara del idiota sentado frente a mí. Ethan está comiendo con toda la tranquilidad que yo deseo recuperar desde que me arrastró al ojo de la tormenta. A sus pies está sentado el demonio de cuatro patas, que no dejó de mirarme como si quisiera devorarme cuando bajé por las escaleras. No me tranquilizó ni un poco que Ethan lo alimentara con un filete de carne cocida. Debió pedirlo aparte, ya que no había carne cuando revisé el frigorífico, a menos de que guarde la carne de sus víctimas en otro lugar. El pensamiento me provoca un escalofrío. Bien, tal vez estaba exagerando un poco.

El sonido de las puertas del elevador al abrirse atrae mi atención. Ryan entra al *penthouse* con una sonrisa radiante, que de inmediato me provoca una sonrisa. Él tiene la apariencia de ser más accesible, tal vez podría ayudarme a escapar. Mi mirada choca con la de Ethan cuando Ryan toma asiento a su lado.

—¿Qué? —le espeto, sin tratar de ocultar mi enojo con él.

La única reacción que obtengo de su parte es la ligera contracción de la comisura de su boca.

—Hace tan solo un minuto parecías muy feliz por la llegada de Ryan, así que, ¿a qué se debe tanta hostilidad?

—Ryan me agrada, tú no —digo, y para avivar aún más su enojo, miro al hombre en cuestión y le dedico mi más radiante sonrisa—. Me alegra ver que no arruiné tu bonita cara.

Ryan me dedica una brillante sonrisa y debo admitir que el hombre es increíblemente apuesto. Por desgracia, mi cerebro comienza a comparar el atractivo de Ryan con el de Ethan. El primero tiene las facciones relajadas, en cambio, Ethan parece ser alguien que siempre está tenso, las líneas en su rostro deben ser prueba de ello. La mirada de Ryan, al igual que ayer, está iluminada, pero la de Ethan está apagada, dándole la apariencia de ser el más oscuro de los océanos. Ryan es más bajo que Ethan por algunos centímetros, además de que tiene menos músculos y no parece ser de los que están cubiertos con tatuajes. El recuerdo del pecho de Ethan inunda mi mente.

Rápidamente, alejo esos pensamientos y me concentro en Ryan. Apenas han pasado unos segundos desde que dije que su rostro es bonito, por lo que ninguno se percató de que me perdí en mis pensamientos.

—Se necesita más de un golpe para arruinar esta cara bonita. Aunque, debo admitir, que me tomaste por sorpresa. ¿Quién te enseñó a golpear así?

—Aprendí sola —miento, no quería decirle que uno de los soldados del Pakhan me enseñó a defenderme cuando presenció una de las tantas palizas que mi padre me dio. No parece ser un tema adecuado para el desayuno. Intercalo la mirada entre ambos hombres en la mesa; Ethan me observa con un ceño fruncido, pero le resto importancia—. ¿Cuándo piensan decirle a mi padre que me tienen?

El ambiente divertido desaparece de inmediato de la mesa y toma su lugar una tensión que amenaza con asfixiarme de inmediato. La seria mirada de Ryan se encuentra con la mía, ya no parece tan relajado y accesible, sino que tiene la apariencia del mafioso y asesino que sé que es.

Mi sistema nervioso me grita que no lo haga, pero en contra de mis instintos de supervivencia, dirijo la mirada hacia Ethan. El miedo recorre mi columna vertebral ante su mirada carente de emociones. Sea lo que sea que esté pasando en este momento por su mente, sé que no me gustará averiguarlo.

—Lo sabrás luego de que termines tu desayuno.

La irritación se une al miedo, ¿espera que coma después de lo que acaba de decir? Puede pasar torturándome las siguientes horas, si se le antoja, para así irritar a mi padre y al Pakhan. Sí, no voy a comer una mierda luego de ese pensamiento.

Alzo el mentón y me cruzo de brazos como la mujer obstinada que soy.

—No moveré un dedo hasta que me digan qué harán conmigo.

Ryan alza una ceja, pareciendo sorprendido. Es claro que esperaba que me sometiera a los deseos de Ethan. Este último no parece ni remotamente sorprendido. Supo, desde el momento en que dijo la tácita orden, que no me sometería. Otra prueba de ello es la pequeña sonrisa en sus labios.

—Entonces, me parece que tendrás un largo día con Zeus como único acompañante. —La boca se me seca, de eso no va a salir nada bueno—. Zeus —dice Ethan y me señala, luego regresa la atención al perro—, vigílala.

Como si de un robot se tratara, el perro se pone sobre sus cuatro patas, rodea la mesa y se sienta a mis pies. Está tan cerca que podría lanzarse sobre mí y matarme al más mínimo movimiento. El recuerdo de él devorando ese filete de carne con avidez hace que toda la sangre abandone mi rostro.

El órgano en mi pecho comienza a latir con rapidez como si de aquel día se tratara.

A mis oídos llega el sonido de ladridos mientras paseo por el jardín. Debería estar adentro esperando la llegada de Kazimir, pero luego de nuestro último encuentro, lo menos que quiero hacer es verlo. El miedo, una sensación demasiado presente en mi vida últimamente, se enrosca alrededor de la boca de mi estómago cuando miro en dirección a la entrada de la casa.

Hay dos laikas[1], los favoritos de mi padre a la hora de ir de caza, y detrás de ellos se encuentra Kazimir, quien me observa con una siniestra sonrisa.

Retrocedo un paso, pero ese es mi mayor error, porque provoca un gruñido de los perros. Ellos no me conocen, nunca me permitieron acercarme lo suficiente para que se acostumbraran a mi olor y no me atacasen.

—Debiste esperar mi llegada, moy prekrasnyy tsvetok[2]. *— Chasquea la lengua, pareciendo decepcionado—. Vayan por ella.*

Como las bestias entrenadas que son, ambos perros se lanzan en mi dirección, e impulsada por mis instintos, me echo a correr. El miedo oprime mi garganta y cada respiración es dolorosa, pero si me detengo, van a matarme.

Mi padre... Las lágrimas humedecen mi rostro. Se lo dijo, tuvo que haberlo hecho. Solo él sabe de mi miedo a los perros. El dolor de la traición me golpea con fuerza. A pesar de que desde hace años dejé de esperar algo de él, aún encuentra la forma de decepcionarme y lastimarme.

—¡Por favor, basta! ¡Diles que se detengan! —grito, con la esperanza de que me escuche. Con cada paso que doy, siento que ellos dan cuatro, y antes de que pueda gritar nuevamente, siento sus

44

dientes en mi piel y caigo al suelo con un golpe seco—. ¡No! ¡Por favor!

Me hago un ovillo, el miedo me paraliza y entonces «respirar» se vuelve imposible. No hay escapatoria. Me matarán antes de que cualquiera de los hombres de mi padre me encuentre...

—¡Reacciona, maldita sea! —El duro tono de voz de Ethan me arranca de las garras del recuerdo de ese día—. Eso es. Necesito que respires, princesa, ¿sí? —Me concentro en la calidez de sus manos en mi rostro y en cómo sus palabras han provocado una calma en mi alma—. Respira conmigo.

Hago lo que me dice y tomo cada respiración al mismo tiempo que él hasta que respirar ya no es tan difícil. Aún puedo sentir los fríos dedos del miedo cerrándose alrededor de mi corazón. Si Kazimir me atacó de tal forma a pesar de tener un arreglo matrimonial con mi padre, nada me asegura que Ethan no hará algo peor. Hará lo que sea con tal de presionar a mi padre.

Hay una suavidad en su mirada que me toma con la guardia baja, pero no me dejo engañar. Sé que hay una bestia dentro de él, buscando el mejor momento para atacar. Por el rabillo del ojo, vislumbro algo plateado, y antes de que pueda percatarse de la dirección de mi mirada, me muevo con rapidez.

Tomo el cuchillo para untar y salto de mi asiento, lanzándome en dirección de Ethan. Por supuesto que él me ve venir, pero eso no borra la expresión sorprendida de su rostro. Tan rápido como mi cuerpo me lo permite, lo tumbo sobre su espalda, me acomodo a horcajadas en su regazo, y pongo el cuchillo contra su cuello. Mi respiración está acelerada por el esfuerzo y mi brazo tiembla, pero mi determinación de acabar con su maldita existencia no flaquea.

—Déjame ir y no te mataré —susurro. A mi espalda, escucho el distinguido sonido de un arma, pero no me alejo. Esta es la única oportunidad que tendré para matarlo.

—Ryan, aléjate.

La dura orden de Ethan sacude todo en mi interior, pero no

me muevo. Su rostro está a escasos centímetros del mío, por lo que puedo ver la oscuridad arremolinándose en sus ojos.

—Ethan, no creo...

—Aléjate. Ni se te ocurra dañar un pelo de su cabeza. —Al minuto, escucho como Ryan retrocede—. Esto es entre la princesa y yo. —En esta ocasión, cuando veo su oscura sonrisa, tiemblo. Y eso es todo lo que él necesita para arrebatarme la ventaja, darme la vuelta y ponerme sobre mi espalda—. No debiste hacer eso, cariño.

Mierda.

SEIS

Ángel Caído

Observo a Ryan por el rabillo del ojo guardar su arma con molestia. No debe preocuparse por nada, la mujer debajo de mí no va a matarme. No tiene lo necesario para hacerlo. Es demasiado pura e inocente.

Sin prestarle atención al cuchillo de untar contra mi garganta, me inclino hacia ella, acortando los centímetros entre nosotros. El miedo brilla con fuerza en su mirada y el éxtasis me recorre.

Es hora de jugar.

Empujo la cordura de Ethan hasta que el único que tiene control soy yo. Por lo que, cuando rodeo el frágil cuello de Mila y la mantengo en su lugar, no me detiene. Observo desde mi altura a la exquisita pieza de arte que tengo debajo de mí, y que me encantaría poseer.

—Ethan, déjala ir. —Ethan percibe la tensión en la voz de Ryan, pero empujo con más fuerza su cordura.

Ahora soy yo quien está a cargo.

—No te metas, Ryan —digo entre dientes—. Entonces, princesa, ¿en qué estábamos? —pregunto sin evitar sonreír—. ¡Oh, sí! Estabas intentando matarme. —Bajo la mirada hacia su mano, encontrando el cuchillo que hace tan solo unos minutos se hallaba justo en mi cuello, pero que ahora parece completamente olvidado—. Mmm. Me parece que esto es mío. —Tomo el cuchillo de su mano y lo empujo lejos de nosotros. No quería que se lastimara por accidente—. Me pregunto si te gustará también ser amenazada con un cuchillo —. Siento como su pulso se acelera bajo el fuerte agarre de mi mano en su cuello—. Ya veo —susurro, conteniendo una sonrisa. Llevo mi mano libre al bolsillo de mis pantalones y saco la navaja que siempre cargo—. Supongo que tendré que enseñarte qué tan desagradable es.

—No te atrevas. —La tácita amenaza en su voz aumenta mi diversión.

—Si te hubieras quedado en tu silla como una buena chica, esto no estaría pasando. Tus acciones te llevaron aquí. —Recorro la curvatura de su rostro con la punta de la navaja. Un escalofrío la recorre, pero no aparta su mirada de la mía. Tan desafiante y audaz. Me gusta.

Bajo la navaja hasta su clavícula descubierta. Lleva una camisa de satén blanca con el primer botón suelto, lo que me da una pequeña visión del valle de sus pechos. Una llamarada de anhelo recorre mi cuerpo, sorprendiéndome. Lo único que deseo de esta mujer es su miedo y cada lágrima que pueda darme.

No deseo nada más.

Sin dejar de mirarla, con la punta de la navaja, arranco el segundo botón de la camisa y hago lo mismo con el siguiente. Solo me detengo cuando todo su torso está al descubierto para mí. Recorro su estómago y vientre con la punta de la navaja, y observo fascinado que los vellos de su cuerpo se erizan. Solo aparto la mirada de su delicada piel cuando un quejido penetra las fisuras de mi fragmentada mente...

No.

———————◇∘✦∘◇———————

Ethan

Mi vista se vuelve borrosa por varios segundos mientras recupero el completo control de mi mente y cuerpo. Observo a Mila, esta vez en primer plano y no como el espectador que fui un minuto atrás, que tiene las manos apretadas en puños y la mirada brillosa por las lágrimas contenidas.

Mierda, no.

Me pongo de pie y ella hace lo mismo alejándose de mí rápidamente. Doy un paso en su dirección, pero en cuanto veo cómo se encoge, me detengo. Observo la escena sin saber qué hacer. Nunca presencié alguno de los episodios en los que mi contraparte toma el control, lo que sin duda era un consuelo para mí, pero en esta ocasión fue diferente. No importó cuánto me resistí a que tomara el control, una vez que lo pierdo, solo regreso cuando me lo permite. Así que, con horror, observé como mis propias manos dañaban a Mila. No me agrada, pero tampoco deseaba humillarla de esa forma.

—Yo... —No logro pronunciar la disculpa que debería dar, porque un fuerte ardor atraviesa mi brazo cuando la navaja que sostenía ya no está en mi mano. Me la han arrebatado... y hundido en el hombro. Así como he hecho a lo largo de toda mi vida, ignoro el dolor y observo que Mila sube las escaleras con los brazos envueltos alrededor de su cuerpo. Segundos después, escucho un portazo cuando cierra su habitación.

Aparto la mirada de las escaleras y la dejo caer en mis manos, luego en Ryan, que ha permanecido en completo silencio hasta ahora. La ira y el desagrado en su mirada me golpean con fuerza. En todos los años que llevamos juntos, nunca lo vi mirarme de esa forma.

—No sé qué mierda está pasando contigo, Ethan, pero debes poner todo este desastre en orden. —Da un paso en mi dirección—. Creí que eras diferente a tu padre.

Mi mandíbula se aprieta.

—No soy igual que él —digo con la vergüenza y el asco retorciéndose bajo mi piel.

«No estés tan seguro».

Cada músculo de mi cuerpo se tensa ante la oscura risa que le sigue a esas palabras.

—Acabas de demostrarme que la manzana nunca cae muy lejos del árbol. —Deja caer la cabeza pareciendo abatido y decepcionado—. Iré a hablar con ella.

Todo en mi interior quiere gritarle que se aleje, que yo sería quien hable con ella. Pero sé que soy la última persona que querría ver ahora mismo. Al menos ahora su odio está completamente justificado. Lo que hice no tiene perdón.

«Ambos sabemos que se lo merecía. Es una malcriada que necesitaba aprender la lección».

—No así —susurro sin energías para enfrentarme a mi contraparte—. Lo que hicimos no está tan lejos de lo que mi padre le hizo a todas esas jóvenes...

El recuerdo de encontrar a mi padre abusando de nuestra demasiado joven señora de la limpieza años atrás invade mi mente mientras me dirijo a mi habitación. Ese día, por primera vez, me enfrenté a mi padre y le di una paliza, pero no pude matarlo. Estábamos en un momento muy tenso con los otros capos de Estados Unidos y un cambio de poder habría sido la condena de esta familia. No hubiéramos sobrevivido al enfrentamiento.

Inmovilicé y humillé a una mujer como me juré que nunca haría.

Me observo en el espejo del baño y contemplo mi reflejo.

—No soy igual a mi padre —me repito esta vez con más convicción. Miro mis ojos, encontrando sin mucho esfuerzo todo el caos que hay detrás de ellos.

«Tal vez no quieras aceptarlo, pero soy tan parte de ti como tú de mí. La única razón por la que no aceptas este hecho es porque soy su creación. Su monstruo personal. Y te aterra que un día, cuando te veas al espejo, solo encuentres a una bestia».

Una risa sin humor se escapa de mí.

—Eres un filósofo de mierda. Sí, mi padre es tu maldito creador, pero el día que lo asesine te irás al infierno con él.

«Lo mataré por ti, solo para que te des cuenta de que incluso esta parte buena de ti es igual de cruel que "nuestro" creador. Será cuestión de tiempo para que lo aceptes».

Aparto la mirada del espejo, harto de esta conversación, si es que así se le puede llamar. Busco en el gabinete el botiquín de primeros auxilios que siempre mantengo cerca, no es la primera vez que termino herido luego de que mi contraparte decide salir a jugar. Me quito la camisa y la desecho, luego comienzo a limpiar la herida, ignorando el dolor. La cubro con una gaza y la vendo.

Salgo del baño, busco otra camisa de vestir en el armario y tomo las llaves de mi coche de la mesa de noche. Necesito trabajar y apartar la mente de lo que pasó o me volveré más loco de lo que ya estoy.

Le dejo un mensaje a Ryan, de que estaré en el despacho y me largo. Estoy huyendo como el cobarde de mierda que parece que soy, pero no puedo enfrentarme al daño que le hice. Al dolor y miedo que había en sus ojos.

¿Creyó que iba a violarla?

Mierda, cualquiera que hubiera visto la escena también lo habría pensado. Conduzco, excediendo el límite de velocidad, y solo lo reduzco cuando llego a una de mis galerías de arte, que es donde se encuentra mi despacho. Ordené que cerraran el lugar por el día de hoy. Necesito algo de paz en este momento para pensar con claridad, y el arte me transmite la calma que casi nunca siento. Por eso amo el arte, ni las manos más crueles pueden dañar su belleza.

Me dejo caer en una de las bancas y observo el cuadro del pintor Édouard Manet, llamado *Olympia*. Fue pintado en 1863 y retrata a una mujer desnuda acostada en un diván, observando al espectador con una mirada desafiante y segura. Por alguna razón, tal vez ese último rasgo me recuerda a Mila. Desde el instante en que nuestras miradas se encontraron por primera vez me desafió y se mostró segura, y no perdió eso hasta hoy, que traspasé sus barreras.

¿Por qué no trató de golpearme? ¿Por qué no gritó? Ryan la habría ayudado. Estoy seguro de que la única razón por la que no intervino es porque le tomó por sorpresa lo que hice y no tuvo tiempo de procesarlo hasta que el daño ya estaba hecho.

Mientras admiro la pintura, me doy cuenta de que, aunque disfruto asustándola, no quiero ser nuevamente responsable de ese dolor en su mirada. Ella no es mi enemiga, solo su padre, y necesito tener eso presente antes de hacer algo que sea irreparable.

Tomo el teléfono de la chaqueta de mi traje y marco el número de Vladimir.

—Voy a matarte. ¿Sabes qué hora es?

No me sorprende escucharlo hablar entre gruñidos.

—No, y tampoco me importa. Tengo a Mila Drozdova.

La línea permanece en silencio por varios minutos.

—¿A qué te refieres con que la tienes? —Por primera vez, en todo lo que llevo conociéndolo, escucho la duda en su voz—. Ethan, ¿qué hiciste?

Enderezo los hombros ante la repentina dureza de su tono.

—La secuestré. Está en mi *penthouse* desde ayer. —Profiere una maldición en su lengua materna, lo que me hace sonreír. Si yo tengo mal temperamento, él es tan tranquilo como un huracán—. Te dije que tenía un truco aún por desvelar.

—Estás loco como la mierda. —A pesar de la dureza de su voz, puedo percibir su sonrisa a través del teléfono—. ¿Cuál es el plan?

—Llamar a la mano derecha del Pakhan y pedirle que detenga todos los ataques a nuestra mercancía. Ella es nuestro seguro.

Murmura algo que no logro comprender y luego se escuchan sábanas de fondo.

—Comienzas a agradarme, Ethan. Solo no hagas sufrir a la chica con tu irritante sentido del humor.

La sonrisa en mi rostro se crispa.

«Nuestro sentido del humor es el menor de sus problemas».

No tendrá más problemas, maldito bastardo. Mantendremos nuestras manos lejos de ella. No pienso tocarla nunca más.

—Estará bien. Ryan se encargará de cuidarla.

«No lo creo. Es nuestro diamante».

Ignoro su voz y me concentro en Vladimir.

—Bien. ¿Cuándo hablarás con Drozdov?

—En cuanto cuelgue.

—Mantenme informado.

No respondo a su petición y termino la llamada. Nunca me preocupó que Vladimir estuviera en desacuerdo con mis decisiones, pero por un momento temí que se pusiera en mi contra. Debo admitir que no disfrutaría matándolo, de todos nosotros, el que mejor puede entender mi forma de ser es él.

Obtuve el número de Sergei Drozdov, la mano derecha del Pakhan, hace semanas y esperé pacientemente a que este día llegara. Será el momento cuando se dé cuenta de que no es tan intocable como cree.

Estoy al borde de la expectación, y responde al último tono.

—Habla Drozdov —dice en ruso.

—Creo que no hemos tenido el placer de conocernos oficialmente. Soy Ethan O'Connor. —Con una sonrisa ladina, recuerdo cómo me llamó su hija—. O como muchos me conocen: el Ángel Caído.

—¿Llamas para pedir clemencia, muchacho? —Percibo la burla en sus palabras, pero lo ignoro—. El Pakhan no tiene clemencia. Todo aquel que lo desafía, termina muerto. Tu caso no será diferente.

La amenaza es clara y tal vez la cumpla, pero no me iré de este mundo sin llevármelo a él y a su Pakhan conmigo al infierno.

—Si quisiera oír amenazas, te habría llamado antes —digo con molestia, luego, con falsa amabilidad, pregunto—: ¿Cómo se encuentra tu hija? Supe que estuvo en San Petersburgo, modelando. No sabía que tuvieras una hija modelo.

—Aléjate de mi hija o te despellejaré.

Mi sonrisa crece.

—Creo que me resultará difícil mantenerme lejos de una mujer como ella. ¿Cómo es que un hijo de puta como tú puede ser padre de semejante creación? Su madre debe ser igual de hermosa. —Río por lo bajo cuando escucho una maldición en ruso—. Debería felicitarte, pero en su lugar, te daré el sentido pésame.

—¿De qué hablas, maldito lunático?

—Tendrás que enterrar a lo más hermoso e inocente en tu vida si tu Pakhan no detiene los ataques a mi mercancía. Sé que tu hija es un valioso activo para la Bratva.

Su risa me confirma que no ha entendido del todo la gravedad de la situación, por lo que me regodeo con el miedo que seguro sentirá en cualquier momento.

—Parece que es verdad lo que dicen, estás completamente loco. ¿Estás tan desesperado que comienzas a imaginar cosas? —La fuerza de su risa aumenta—. Mi hija se encuentra de camino a casa. No lograrías poner un pie en Rusia sin que lo supiera el Pakhan o yo.

Ahora es mi momento de reír.

—Me parece que tendrán que revisar sus sistemas de seguridad, están algo desactualizados. Entrar a Rusia y llevarme a tu hija fue un juego de niños.

—Estás mintiendo.

Un ligero temblor acompaña a sus palabras, ya no queda rastro de la anterior diversión.

—Comprueba la ubicación de sus rastreadores.

Interrumpí la señal de cada uno de camino a Estados Unidos, pero mi equipo los encontró todos mientras revisaban las pertenencias de Mila y los inhabilitaron.

—¡Maldito bastardo! *YA ub'yu tebya!*[1]

—Te sugiero no hacer tal cosa o tu hija sufrirá las consecuencias.

—Si te atreves a ponerle un solo dedo encima...

—¿Qué harás? ¿Seguir amenazándome? ¿Enviar a un ejército? —Me burlo de él, sintiéndome extrañamente molesto. ¿Acaso no entiende que todo lo que haga contra mí lastimará a Mila?—. Solo lo diré una vez: Mila es mía. Dáñame a mí o a cualquiera de los míos y lo lamentarás.

Termino la llamada antes de perder el control de nuevo. Mis pensamientos y acciones son muy hipócritas. Me molesta que su padre no le dé suficiente importancia al bienestar de Mila como debería, pero una hora atrás era yo quien la estaba lastimando. Y maldita sea, no era mía, solo está en mis manos porque la necesito, no porque quiera poseerla.

Frustrado y molesto conmigo mismo, me voy a la oficina a sumergirme en trabajo.

SIETE

Mila

Dejo caer mi cuerpo en la esquina más alejada de la puerta y envuelvo los brazos a mi alrededor. Aún puedo sentir el cuchillo recorriendo mi cuerpo, despojándome de toda seguridad y confianza. Me sentí tan... vulnerable, que lo único que quiero hacer es encerrarme en esta habitación y no volver a salir.

No conozco a Ethan, pero el hombre que se tropezó conmigo y pidió disculpas no es el mismo que me tuvo inmovilizada contra esa mesa. Incluso el día de ayer mantuvo sus amenazas en solo palabras, solo asegurándose de mantener un miedo constante en mi sistema, pero lo de hoy... No era él.

Es una versión carente de emociones, con una mirada que haría retroceder a la misma muerte. No había nada en ella, solo un vacío aterradoramente oscuro. He tenido vistazos de esta parte de él solo cuando se molesta, pero no la había dejado tomar el control. ¿A qué se debe el cambio? ¿Acaso mi arrebato lo hizo molestar tanto que perdió el control?

Hay demasiadas cosas que no entiendo, pero la que más me preocupa es por qué no estoy molesta con él. Sí, estoy dolida y algo decepcionada, una parte de mí tuvo la esperanza, desde el instante en que me di cuenta de que me había secuestrado, que no me pondría una mano encima, por supuesto. Me equivoqué estúpidamente. No lo odio ni quiero matarlo en cuanto lo vea, solo quiero golpear su arrogante rostro para que recuerde con quién está tratando.

Me sobresalto cuando llaman a la puerta, y una parte de mí espera que sea él viniendo a pedir disculpas. Pero entonces habla Ryan.

—¿Mila? ¿Estás bien? ¿Puedo pasar?

Dudo un par de minutos. Ryan podría estar más loco que Ethan, y no tengo ningún arma a la mano para defenderme. Con un último suspiro, resignada a que podría entrar a la fuerza, me pongo de pie, tomo el cubrecama y lo paso alrededor de mis hombros para cubrir mi torso desnudo. Con paso seguro, me dirijo a la puerta y la abro.

A pesar de que Ryan no es tan alto como Ethan, me saca varios centímetros, pero evito retroceder ante su imponente figura. Es todo músculos, lo que lo hace ver más intimidante.

—¿Sí?

Inspecciona mi rostro con detenimiento. Si esperaba ver lágrimas, pues mala suerte, dejaron de caer hace rato. Solo me permito perder el control sobre mis emociones por un tiempo limitado.

—¿Estás bien?

—¿Por qué te importaría si lo estoy o no? No hiciste nada para detenerlo.

Su rostro se vuelve pálido y la culpa es visible en él. Bien, no seré la única que se sienta mal por lo que pasó. Le doy la espalda y me dirijo a donde había estado sentada. Con cautela, como si temiera que un mal movimiento pudiera asustarme, camina en mi dirección y se deja caer frente a mí. Sentado en el suelo, con las piernas, cruzadas no parece tan intimidante.

—Lo siento. Él nunca había hecho algo así.

—¿Y se supone que por eso tengo que perdonarlo? —pregunto, enarcando una ceja.

Su rostro se contrae con lo que creo que es exasperación.

—No, no estoy diciendo que debas perdonarnos a alguno de los dos. Es solo que... Me tomó desprevenido. La mayor parte del tiempo es tan controlado y relajado, que verlo así hoy me sorprendió. —Busca mi mirada y, cuando la encuentra, dice—: Lo siento por no haberlo detenido. No procesé lo que estaba haciendo hasta que fue demasiado tarde.

Medito sus palabras, parecían genuinas, al igual que su culpa, pero dejaré que sufra un poco más. Tal vez bajará un poco la guardia y así podré intentar escapar.

«No hay una gran diferencia entre estar aquí y en casa».

Lo sé, ese pensamiento no ha dejado mi mente desde que llegué. ¿Pero a dónde podría ir? A donde sea que vaya, Ethan y mi padre me encontrarán. Y, sinceramente, no sé con cuál de los dos estoy en más continuo peligro.

—¿Qué pasa con el otro porcentaje del tiempo que no es controlado y relajado? —pregunto, recordando sus palabras. Además, necesito una distracción del hecho de que no tengo a nadie que se preocupe en verdad por mí. Mi padre únicamente estará preocupado por la reacción que Kazimir pueda tener cuando se entere de que fui secuestrada.

—Ethan... —Duda por varios segundos, pero luego parece decidirse—. Él tuvo una niñez difícil. Alexander, su padre, es un tirano, además de golpeador y abusivo con las mujeres. Su madre... Pobre mujer, sufrió demasiado mientras estuvo casada con ese hombre.

—¿Ya no lo están?

Niega.

—Ethan se aseguró de ponerla a salvo en cuanto tuvo los suficientes recursos. Su madre es italiana, la obligaron a casarse en

58

cuanto cumplió la mayoría de edad y semanas después quedó embarazada de Ethan. Al año tuvo a Levi, su hermano menor.

—¿Su hermano también es un capo?

—No. Levi se mantiene lo más alejado posible que puede de la mafia. De hecho, Alexander sospechó por años que Levi no era su hijo, pero nunca se atrevió a pedir una prueba de paternidad.

—¿Por qué?

Ryan me dedica una sonrisa burlona.

—Alexander O'Connor no soporta que le falten el respeto, y el que admitiera que su esposa lo había engañado dañaría su imagen, por lo que siempre trató a Levi como su propia sangre. Aunque, por supuesto, nunca se detuvieron los rumores de la infidelidad.

—¿A qué te referías cuando dijiste que la niñez de Ethan fue difícil?

Esta vez la tristeza ensombrece sus rasgos y algo extraño se remueve en mi estómago.

—Conozco a Ethan desde que soy un niño y ambos fuimos criados de la misma forma, la única diferencia es que mi madre me protegió de la crueldad de este mundo tanto como pudo. Mi primera muerte fue cuando tenía quince años, la de Ethan, cuando tan solo tenía diez. —Un nudo se forma en mi garganta al escucharlo. Era un niño—. Esa muerte lo marcó, Mila, pero de una forma que no te imaginas. A lo largo de los años he escuchado rumores, las personas creen que dentro de él habita un demonio, que por eso sus víctimas terminan irreconocibles. —El estómago se me revuelve con el solo pensamiento de imaginar lo sanguinario que tiene que ser para dejar el cuerpo de una persona hecho pedazos—. Ethan, en ocasiones, se pierde en sus pensamientos, y otras veces lo he escuchado hablar solo.

—¿Crees que esté loco?

Para mi sorpresa, Ryan se ríe, lo que aligera un poco la tensión de mi cuerpo.

—Todos estamos locos, Mila. Ninguna persona cuerda sobrevive a este mundo. —La sonrisa se borra de su rostro—. Tengo la certeza de que Ethan no está completamente solo en su cabeza. A veces, lo verás actuar burlón y risueño, pero cuando las cosas en su mente se alteran, verás otro lado de él. Y me parece que hoy provocaste a su otro yo.

Mi ceño se frunce al mismo tiempo que mi cerebro trata de procesar toda la información que le han dado.

—Entonces, en resumen, ¿Ethan tiene un trastorno de personalidad?

Se encoge de hombros.

—Es probable, pero nunca ha ido con un psiquiatra, así que es difícil saber.

Asiento, tenía razón. Casos como los de Ethan son delicados, ya que, como pude ver hoy, es fácil detonar a su otro yo.

—Debo tener cuidado, ¿cierto?

—Mila, seré honesto contigo. No queremos matarte. La única razón por la que estás aquí es para ponerle un alto a tu Pakhan y a tu padre. Puedes seguir con tu vida tranquilamente si no intentas huir a la primera oportunidad que tengas. Y si controlas ese temperamento que tienes, tal vez Ethan no te encierre en alguno de los pisos que están vacíos.

—¿En serio lo crees capaz?

Asiente.

—Después de hoy, hará lo que sea para no volver a dañarte, y si tiene que encerrarte para que no lo provoques, lo hará. Juró nunca ser como su padre.

No tiene que continuar para entender a qué se refiere. Tal vez su contraparte no tiene problemas para lastimar a las mujeres, pero el Ethan que está presente la mayor parte del tiempo sí lo tiene, y no soy tan cruel para torturarlo con eso.

Sergei

La tiene.

Las palabras se repiten constantemente en mi cabeza como un recordatorio constante de que no fui capaz de protegerla tal y como le prometí a mi esposa.

En momentos como estos, en los que me siento por completo perdido, anhelo más que nunca la sabiduría de Rosmery. Mi esposa siempre tuvo un talento para hacerme ver las cosas desde otra perspectiva, pero ya no la tengo a mi lado para que me diga cómo resolver este desastre.

Miro su foto, sosteniendo en brazos a nuestra hija recién nacida, y una emoción de tristeza me inunda. He sido un mal padre durante toda la vida de Mila y ahora, al tomar conciencia de lo que han provocado mis acciones, me doy cuenta de todo el daño que le he causado.

Mila siempre fue una niña risueña y amable, pero con los años se ha convertido en una mujer dura y fría, y sé que eso es por mi culpa. Ahora temo que sea demasiado tarde para intentar enmendar mi error, ella podría morir en cualquier momento y no lo sabré hasta qué O'Connor me envíe su cabeza en una caja.

Un toque en la puerta de mi despacho me saca abruptamente de mis pensamientos, guardo la foto en el primer cajón de mi escritorio y le pido a la persona al otro lado de la puerta que entre.

Una maldición está por salir de mi boca al ver a Kazimir Orlov, pero me la trago. He tenido que mantener las apariencias al respecto de que acepto a este hijo de puta como mi yerno, sin importar lo que haga mi hija, pero con cada día que pasa mi paciencia se acaba.

En un principio, acepté la idea del Pakhan porque lo único que se escuchaba de Kazimir Orlov eran cosas buenas, sin mencionar a todas las mujeres en Rusia que babean por él. Por otro lado, al ser un sicario, creí que podría proteger a Mila de toda la mierda de este mundo de la forma en la que nunca fui capaz. El enojo y tristeza por mi hija siempre ha sido mayor que el amor que alguna vez sentí por ella, ya que por su culpa perdí a mi Rosmery.

Pero ahora soy muy consciente de que comprometer a Mila con Kazimir fue una terrible idea. No la trata mucho mejor de lo que yo hago, y por el recuerdo de la familia feliz que una vez fuimos, quiero entregársela a alguien que sé que nunca la lastimará. Así, cuando me encuentre con mi Rosmery en el dulce más allá, no se sentirá tan decepcionada.

—Drozdov.

Asiento, en señal de reconocimiento, y lo observo tomar asiento frente a mi escritorio con una destreza que sé que ha adquirido a lo largo de los años de constante entrenamiento.

—¿Qué puedo hacer por ti, Orlov? Creí que estarías fuera por trabajo hasta la siguiente semana.

A pesar de que no le he contado a nadie más que al Pakhan sobre el secuestro de Mila, él por eso está aquí. Tamborilea los dedos sobre su pierna y me mira de esa forma que he visto hacer con sus presas. Quiere matarme, pero sabe que no puede hacerlo. Eso le costaría su propia vida.

—Escuché que el capo de Los Ángeles se llevó a mi prometida. —Ladea la cabeza y estudia mi reacción, pero si espera vislumbrar el miedo en mi mirada, no lo encontrará. Dejé de sentir dicha emoción hace años—. ¿Es eso cierto?

Me reclino en mi asiento.

—Sí, él la tiene.

Su ojo derecho salta perceptiblemente y sé que está molesto, pero eso tampoco me preocupa. Si quiere romper el compromiso, mejor para mí. Encontraré a alguien más para que se case con ella.

—Es mi prometida, Drozdov, no debiste permitir que se la llevara.

Enarco una deja.

—Y, antes de ser tu prometida, es mi hija, así que no me faltes el respeto de esa forma. —La dureza de mi tono lo hacer cerrar la boca—. No llevaba guardaespaldas con ella, por eso logró llevársela, pero me aseguraré de que vuelva.

—Espero que sea así, si no, yo mismo iré a matar al maldito capo y la traeré conmigo, pero nunca volverás a verla.

Cada músculo de mi cuerpo se tensa.

—Aún no es tu esposa, le pertenece a la Bratva. Llévatela y te cazaremos.

Me dedica una burlona sonrisa.

—Eso sería divertido. —Se pone de pie y se dirige a la puerta—. Nos vemos, Drozdov, y tienes dos semanas para recuperarla o iré por ella.

—*Chyortov sukin syn*[1] —digo al momento en que se cierra la puerta a su espalda.

No va a tenerla, eso es seguro.

Buscaré a alguien más, así sea lo último que haga, pero no volverá a ponerle una mano encima.

Ethan

Es cerca de la madrugada cuando regreso a casa, y estoy agotado. Adelanté tanto como pude el trabajo, para así retrasar mi regreso tanto como pudiera. El piso se encuentra a oscuras, lo que significa que Ryan no está.

El sonido de las garras de Zeus contra el suelo es el único aviso que tengo de su llegada. Se alza sobre sus patas traseras y pone las delanteras sobre mi pecho.

—Hola, muchacho. ¿Me extrañaste? —La única respuesta que recibo es un ladrido juguetón, lo que me arranca una sonrisa—. Sí, yo también te extrañé.

Lo acaricio detrás de las orejas antes de retomar el camino

hacia mi habitación con él siguiéndome. El recuerdo de cómo reaccionó Mila cuando le dije que estaría sola con Zeus cuando me fuera a trabajar ha estado acechándome durante el día.

En solo cuarenta y ocho horas juntos le he provocado dos ataques de pánico, y me siento como la mierda por ello. Tenía que disculparme y tratar de hacer nuestras interacciones lo más pacíficas posible. Me doy una ducha rápida y me pongo la ropa para dormir, pero en lugar de ir a la cama, me voy a la cocina a buscar algo de comer.

En el refrigerador hay una caja de *pizza* que de seguro Ryan pidió, y restos de ensalada y fruta que Mila debió haber comido. Le diré mañana a mi ama de llaves que haga la compra, con Mila aquí debo tener comida saludable. Al ser una modelo, debe tener una estricta alimentación que seguir.

Por mi parte, busco una caja de cereal de mi larga lista de opciones y me sirvo. De niño, mi padre nos tenía a mi hermano y a mí prohibido comerlo, ya que no era comida digna. Por lo que, en cuanto tuve mi propio dinero, comencé a comprarlo. Ahora tengo una grave adicción a esas dulces formas de trigo horneadas.

Cuando me doy la vuelta con el tazón en la mano y la cuchara en la boca, algo blanco sobre la encimera llama mi atención. Me acerco y, cuando lo extiendo, veo que es la camisa que le quité a Mila en la mañana. Un nudo se forma en mi estómago.

—La cagué a nivel catastrófico, ¿verdad? —digo, bajando la vista hacia Zeus. Me mira con ojos tristes, como si él también lo supiera—. ¿Por qué le tendrá tanto miedo a los perros?

«Alguno debió atacarla cuando era niña».

Esa posibilidad pasó por mi mente varias veces, pero parece ser mucho más que eso. Es como si su miedo estuviera relacionado con algo más. ¿Tal vez la secuestraron de niña y la torturaron psicológicamente de alguna forma con los perros? No, hubiera encontrado algo de información al respecto. Aunque lo cierto es que el Pakhan mantiene la información de suma importancia muy cerca de él, y no hay forma de acceder a ella.

Pongo la camisa de Mila a la altura de la nariz de Zeus y dejo que sienta su aroma. Una vez que parece reconocerlo y mece la cola, le doy la orden que sé que lo cambiará todo.

—Protégela.

OCHO

Mila

Han pasado dos días desde que ataqué a Ethan y no lo he visto desde entonces. No sé quién está evitando a quién, pero no sé cómo sentirme al respecto. Quiero confrontarlo y exigirle que se disculpe, pero también quiero estar lo más alejada posible de él.

No solo me persigue el miedo que sentí cuando la bestia en su interior me acorraló contra el suelo y rompió los botones de mi camisa con la navaja. También me atormenta la leve chispa de deseo que sentí cuando estuve encima de él y puse el cuchillo sobre su garganta. Me sentí, por un momento, poderosa, y aunque he tratado de mantener ese pensamiento lejos de mi mente, mi cuerpo ansía experimentar dicho poder de nuevo.

Cuando salgo de mi habitación, me encuentro con el demonio de cuatro patas acostado frente a la puerta. Desde hace dos días, esa ha sido su nueva costumbre; se sienta frente a la puerta cuando me voy a dormir y lo encuentro frente a ella al día siguiente. No sé a qué se debe. Zeus alza las orejas cuando me escucha y luego alza la cabeza.

Al igual que todas las mañanas, experimento un miedo irracional al tenerlo tan cerca, pero no me ataca. En su lugar, vuelve a acostarse y continúa durmiendo. Aun sintiéndome temerosa, salgo de la habitación en silencio sin quitarle la mirada de encima. Recorro el pasillo sin darle la espalda y dejo salir un suspiro de alivio cuando llego a las escaleras. Toda la tensión abandona mi cuerpo cuando llego a la sala, pero regresa de inmediato al ver a Ethan y a Ryan desayunando en la encimera.

Me quedo de pie sin saber qué hacer exactamente. Desde mi conversación con Ryan, ahora sé que debo tener cuidado de no molestar demasiado a la, muy probable existente, otra personalidad de Ethan. Nunca bajo tan temprano, pero anoche me salté la cena para no ver a Ethan, por lo que tenía demasiada hambre para esperar que se fuera a trabajar.

—¿Debería...?

—Siéntate. Está bien —dice Ethan al mismo tiempo que regresa la atención a su desayuno—. Brooke, prepara un plato para la señorita Drozdova, por favor.

—Por supuesto, señor.

Mi ceño se frunce al escuchar la voz de una mujer, esta entra en mi campo de visión cuando me siento al lado de Ryan, que me guiña el ojo y luego sigue comiendo. La mujer me dedica una sonrisa antes de centrar su atención de nuevo en la cocina. Es bajita, de ojos café cálidos y hay leves arrugas en su rostro que le dan un aspecto mayor.

—Princesa, ella es mi ama de llaves, Brooke. Viene todas las mañanas a preparar el desayuno y se queda dos veces por semana para limpiar el piso.

No sabía que tenía un ama de llaves, aunque las dos veces que he desayunado aquí la comida ya ha estado servida, esperándome. Creí que Ryan o Ethan la pedían simplemente.

Y sin poder evitarlo, pregunto:

—¿Por qué no se queda todo el día? Se supone que son tres comidas al día. —Al caer en cuenta en lo mal que eso debió escucharse, mis ojos se abren como platos y dirijo mi atención a Brooke, que ya me está mirando con aspecto divertido—. Lo siento si te ofendí. No quise decir que debas quedarte aquí, yo solo...

Le resta importancia con una mano.

—No te preocupes, querida, esa misma pregunta le hice cuando me contrató hace años. Pero lo cierto es que el señor O'Connor no tiene tiempo para venir a almorzar y está muy pocas veces aquí en la noche.

Alzo una ceja en su dirección, pero cuando me percato de que está mirándome, aparto la mirada con rapidez. Mas no reprimo a tiempo mi comentario.

—Seguramente lo mantienen muy «ocupado» por la noche —digo con evidente sarcasmo, lo que hace que Ryan se atore y beba el agua de su vaso casi en su totalidad.

—Más de lo que crees, princesa —responde Ethan con tono sugerente, lo que me hace apretar los labios.

—Pues procura «meterte de lleno» en el trabajo, así no tengo que saltarme la cena por tu culpa para evitar ver tu estúpida cara.

Brooke, que había estado fingiendo indiferencia mirando la cocina, alza la cabeza y me mira como si me hubiera vuelto loca. Y tal vez lo hice. Pero me molesta que mientras yo estoy aquí encerrada, él está por ahí follando con todo lo que se atraviesa en su camino.

«¿Acaso preferirías que te buscara a ti?».

La voz de mi subconsciente se burla de mí con imágenes que son mejor no asociarlas a Ethan. Un calor me sube por la cara al no poder evitar pensar demasiado en una imagen específica, en la que me encuentro encima de Ethan mientras me hace saltar...

—Procuraré entonces no atormentar a su alteza por las noches —dice el protagonista de mis pesadillas, y ahora también de las nuevas fantasías que me niego a aceptar—. Tal vez traiga un poco de trabajo para «meterme de lleno» durante la cena y así no tener que salir de mi despacho a comer.

Lo fulmino con la mirada al ver su estúpida sonrisa. Es un idiota.

—Aquí tiene su desayuno, señorita.

El plato que deja Brooke frente a mí me obliga a apartar la mirada de Ethan, que parecía muy dispuesto a seguir arruinando mi vida en más de un aspecto.

—Puedes decirme Mila —digo, dedicándole una sonrisa a la tierna mujer.

—Por supuesto, Mila.

En cuanto termina de limpiar la cocina, se excusa y retira, dejándonos solos. Me olvido de los modales y devoro mi desayuno. Brooke tiene una increíble mano para la cocina.

Creo que estos panqueques de arándanos se acaban de convertir en mi comida favorita.

Me detengo a medio masticar cuando Ethan se ríe entre dientes. Entrecierro los ojos en su dirección con una clara pregunta flotando en el aire.

—Sé que son buenos, pero acuérdate de tragar antes de llevarte más comida a la boca. —Me dedica una suave mirada que me deja anonadada, y entonces hace algo que saca todo el aire de mis pulmones y vuelve loco a mi corazón. Con el dedo pulgar, limpia la comisura de mi boca y luego se lleva el dedo a los labios para eliminar todo rastro de sirope de arándano—. No vuelvas a saltarte la cena, ¿sí? No quiero que te enfermes. —Se pone de pie, se acomoda la chaqueta del traje y deja una carpeta sobre la mesa —. Esto es para ti. Y a partir de ahora, cuando no esté, Ryan se quedará contigo.

No tengo tiempo para procesar todo lo que ha pasado antes de que se vaya, por lo que me giro hacia Ryan, que ha permanecido en absoluto silencio.

—Dime que ese no es el mismo hombre que me secuestró. Dime que lo abdujeron los alienígenas o algo por el estilo.

Niega con la boca llena, luego, cuando termina de tragar, dice:

—Solo quiere enmendar su error. No quiere que lo odies o lo veas como tu enemigo.

Le frunzo el ceño a mi plato de panqueques.

—¿Por qué le importaría si lo odio? ¿No sería lo mejor para él?

—Esa es una respuesta que solo él puede darte. —Mira en dirección a la carpeta que Ethan dejó sobre la encimera—. Ábrela. De seguro lo que hay dentro no te hará detestar, y cito, su estúpida cara.

Río entre dientes al recordar nuestro pequeño enfrentamiento, lo que me hace preguntar:

—¿De verdad a veces no viene a cenar porque anda por ahí acostándose con alguna mujer?

Alza una ceja en mi dirección.

—¿De verdad te importa lo que haga?

Niego.

—Es solo que no parece del tipo que se acuesta con una mujer distinta cada noche.

Tomo la carpeta y la abro. El aliento se atora en mi garganta al ver el pase de modelo para el evento en Nueva York que se llevará a cabo dentro de una semana. También está el itinerario que debo seguir ese día y fotos del vestido que voy a modelar.

—¿Cómo...? —Mis ojos se llenan de lágrimas de felicidad. Creí que no iría, después de todo, estoy secuestrada—. ¿Cómo lo supo?

—Hay muy pocas cosas que Ethan no logró encontrar sobre ti, pero tu invitación a Nueva York fue una de las que sí consiguió.

—Creí que no iría —susurro, mirando mi nombre en el pase.

—También pensé que no te dejaría ir. —Aparto la mirada

justo a tiempo para verlo fruncir el ceño—. Supongo que después de tantos años a su lado, aún logra sorprenderme.

El sonido de las patas de Zeus bajando por las escaleras tensa mi cuerpo, pero reprimo la necesidad de correr. Ha tenido varias ocasiones para atacarme, pero no lo ha hecho. Tal vez, después de todo, Zeus no es como los *laika* de mi padre.

Ryan pica un pedazo de panqueque y se lo da a Zeus, quien parece muy contento. Quizá no soy la única a la que le encantan los panqueques de Brooke.

—¿Sabes por qué Zeus ha estado frente a mi puerta estos dos últimos días? Me sigue a donde sea que vaya y me pone de los nervios.

—Ethan le ordenó que te protegiera —dice sin prestarme atención mientras le da de comer al perro—. También me pidió que me asegurara de que no tuvieras otro ataque de pánico cuando Zeus estuviera cerca.

Su respuesta me toma por sorpresa.

—Te mintió ese día, Mila. Zeus fue entrenado para proteger, no para lastimar a las personas. —Mira en mi dirección—. Es la primera vez que le da la orden de proteger a alguien. —Y como si esas palabras no tuvieran suficiente peso, agrega—: Y tienes razón, Ethan no es de los que se acuestan con una mujer distinta cada noche. En realidad, esta es la primera vez en mucho tiempo que lo veo interactuar de verdad con una mujer.

No quiero pensar demasiado en lo que verdaderamente significan esas palabras, por lo que regreso mi atención al desayuno.

Ethan

Tamborileo los dedos sobre el escritorio mientras espero la llamada de Vladimir. Fui a revisar el almacén donde recibiré el cargamento de este mes, pero los hombres de Kraken me atacaron. Debido a que le encargué a Ryan quedarse con Mila, solo llevé conmigo a dos de mis otros hombres para revisar el lugar, pero no anticipé que nos hubieran estado esperando.

La organización de Kraken son un montón de pandilleros que juegan a los mafiosos y quieren mis negocios, pero últimamente sus golpes han sido más organizados. Incluso tengo la sospecha de que se han aliado con los rusos para joderme. Le pedí a Bentley que investigara sobre el tema de camino a mi despacho. Desde que secuestré a Mila, no he podido hablar demasiado con mi consejero, debido a que le pedí que se mantuviera alejado del piso. Por alguna razón, mis instintos me gritan que lo mantenga lejos de ella, y eso voy a hacer.

Aun con todo esto en mi mente, no puedo evitar repetir la conversación que tuve con Mila por la mañana. Fue divertido ver cómo le molestaba la idea de que me pasaba la noche teniendo sexo desenfrenadamente con alguna mujer. No quiero profundizar demasiado en lo que eso pueda significar en realidad. Lo que sí me irritó fue saber que por mi culpa no quiso bajar anoche a cenar. Si tenía que comer a partir de ahora en mi despacho o fuera de casa para que ella pueda hacerlo sin que mi presencia la moleste, así sería. Ya había tenido suficiente de molestarla.

«Yo no».

—Fue suficiente, maldita sea. ¿No entiendes que le provocamos dos ataques de pánico? —Suspiro, sintiéndome derrotado—. Sí, es divertido fastidiarla solo cuando no termina llorando o asustada. Así que basta.

Puedo sentir como medita lo que digo.

«Entonces la molestaré para hacerla reír. No me gusta que le sonría a Ryan».

Bufo, sin poder creerlo.

—¿Estás celoso?

Y, por supuesto, no obtengo respuesta.

Él es consciente de que ella asocia todo conmigo, no con él, y la quiere. No románticamente, sino como a algo que hay que guardar detrás de una vitrina para siempre poder admirarlo.

Soy consciente de que Mila no es el tipo de mujer a la que se puede poseer, pero él no, y eso me preocupa. No quiero que cuando llegue el momento de dejarla ir, haga algo para obligarla a quedarse.

«Deja de intentar convencerte de que su enojo y carácter no te gustan. Ella es perfecta para nosotros».

—No hay un nosotros, y ella es un medio para un fin. No un retrato que puedes conservar y mirar siempre que quieras. Entiéndelo, maldita sea.

«No, tú entiéndelo, imbécil. Será nuestra, y solo cuando aceptes que somos uno solo, podrás finalmente vivir en paz».

Estoy a punto de mandarlo a la mierda, pero mi teléfono suena. Contesto sin mirar el identificador, sabiendo quién es.

—Vladimir —digo a modo de saludo. Mi tono es más brusco de lo que pretendo, pero me encuentro alterado por la cantidad de pensamientos que están abrumando a mi mente.

—Acabo de leer tu mensaje. ¿Qué pasó?

Le avisé en cuanto llegué a mi despacho de que me llamara en cuanto pudiera. La verdad, no esperaba que lo hiciera tan rápido. Siempre es un problema contactarlo durante el día.

—Dile a tus muchachos que el punto de entrega va a cambiar. Los hombres de Kraken me emboscaron cuando fui a revisar que todo estuviera en orden en el almacén.

—Está bien. Envíame las coordenadas y se los haré saber. ¿Ha habido señales de los rusos?

—No. De hecho, todos sus hombres se han retirado de la ciudad. Parece que al final comprendió lo que está en juego.

—Hablando de eso, ¿cómo está la mujer?

Su pregunta me toma por sorpresa, pero me recompongo rápidamente.

—Por momentos me vuelve loco, pero está bien —decido confesar.

—Mmm. Podrías enviarla aquí. A mi madre le encantaría tener a alguien a quien cuidar.

«¡No!».

—¡No!

Mi propio arrebato me toma por sorpresa, pero no me da tiempo de corregirlo, porque Vladimir dice:

—Ethan, no estarás viendo a la mujer como algo más que trabajo, ¿verdad?

—Por supuesto que no. Es solo que tiene un evento la semana que viene y ya arreglé todo para que asista.

Permanece varios minutos en silencio, y estoy seguro de que no me cree. Incluido yo, dudo de que esa sea la razón de mi rápida negación. Ni siquiera puedo encontrar una buena razón para impedir que se vaya.

—Bien, pero ten cuidado, Ethan. El peor enemigo de un hombre es el amor. Sobre todo para nosotros.

Incluso después de que han pasado varios minutos desde que terminó la llamada, continúo reflexionando sus palabras y las de mi contraparte. Estoy muy jodido, porque no sé qué demonios hacer con todo este caos que hay en mi interior.

Todos están mirándome y no sé por qué.

Papá dijo que tenía un regalo especial por mi cumpleaños, pero no sé por qué hemos bajado al sótano, ni porque mamá pareció tan triste cuando me vio de la mano de papá. Últimamente, ha estado muy triste y no sé qué hacer para verla sonreír. Me gusta su sonrisa.

En el medio del sótano está un hombre atado a una silla. Miro a papá, pero él ya tiene los ojos puestos en mí.

—¿Papá, qué hacemos aquí?

Un coro de murmullos recorre el sótano, lo que me pone nervioso. No me gusta este lugar, siempre que espío a papá y a sus amigos cuando bajan, pasan cosas malas. Quiero regresar con mamá.

—Hoy es el día en que te conviertes en un hombre, Ethan. Esta es tu herencia. —*Extiende la mano y un hombre deposita un objeto negro en ella*—. Hijo, a partir de hoy serás visto como el sucesor de la mafia de Los Ángeles y tendrás que actuar en consecuencia.

Miro al hombre en la silla, que me observa con lágrimas en los ojos.

—¿Papá? —*susurro*—. No entiendo.

No me gusta el miedo que siento, quiero irme y tener mi fiesta de cumpleaños.

—Papá, quiero irme.

Retrocedo cuando me dedica esa mirada molesta que significa que va a golpearme, pero no lo hace.

—No, no te irás —*Pone el objeto negro en mis manos y noto que es un arma; la levanta en dirección al hombre*—. Es momento de que tomes tu lugar a mi lado, Ethan. Así que dispara.

Trago saliva y mis ojos arden. He visto lo que pasa cuando papá tiene una de estas en la mano y no quiero lastimar al hombre.

—Nooo. No quiero hacerlo. Quiero ir con mamá.

Papá aprieta la mandíbula y se pone detrás de mí para que no pueda correr.

—¡Hazlo, Ethan!

—¡No! ¡Por favor, papá! ¡Quiero irme...!

No puedo ver nada por las lágrimas, y el miedo pesa en mi pecho. No me gusta nada de esto, quiero irme a mi habitación y encerrarme ahí. Quiero mi fiesta de cumpleaños y jugar con Ryan.

—Maldito, niño. Haz lo que te digo, ya conoces las consecuencias de desobedecerme. —*Pone sus manos en mis hombros y aprieta hasta que me duele*—. Dispara y no te atrevas a apartar la mirada.

Miro al padre de Ryan en busca de ayuda, pero me mira con

tristeza. Los demás hombres en la habitación me observan con dureza y sé que no van a ayudarme.

—¡Dispara, Ethan!

—¡No!

—¡Ethan, hazlo de una maldita vez!

—¡No! ¡No! ¡No...! —Niego repetidas veces, y entonces un fuerte sonido hace vibrar mi cuerpo y mis oídos. El aire en mis pulmones se congela, al igual que las lágrimas en mi rostro. Suelto el arma y el sonido resuena por todo el sótano.

Un frío envuelve mi cuerpo al ver como la sangre sale de la cabeza del hombre en la silla, que tiene los ojos abiertos y me están mirando. Lo maté. La sola palabra me impulsa a correr fuera del sótano.

Sangre, mucha sangre.

Miro de un lado al otro buscando a mamá, pero lo único que veo es el cuerpo sin vida del hombre. Yo le hice eso. Grito cuando su figura se acerca hacia mí.

«¡Me mataste!», grita. «Mira lo que me hiciste», continúa.

La sangre sale de su boca, ojos y nariz.

Lo maté.

Lo maté.

—¡Aléjate! ¡Vete! ¡Mamá!

«Monstruo. Me mataste».

Llevo las manos a mis oídos, pero de igual forma, escucho sus palabras en mi cabeza.

«Me mataste».

«Me mataste».

Y entonces, todo se apaga. Las imágenes del hombre desaparecen al igual que la sangre, y es cuando veo a mamá de rodillas frente a mí con las lágrimas corriendo por su rostro mientras me sacude.

—¡Ethan! —Me lleva contra su pecho y me abraza, pero no siento nada más que frío—. Lo siento, mi niño. Lo siento. Perdó-

name por no protegerte —susurra una y otra vez las palabras, pero no entiendo por qué lo hace. No es su culpa.

«*Es culpa de él. Hay que matarlo*».

Por un momento, no entiendo de dónde vienen las palabras, pero entonces me percato de que son desde el interior de mi cabeza.

Una sonrisa crece en mis labios.

Sí, hay que matarlo...

Jadeo por aire cuando abro los ojos y un frío sudor cubre todo mi cuerpo. Fue una pesadilla, solo eso.

«No. No lo fue. Ese es el recuerdo de tu primera muerte».

Frunzo el ceño ante sus palabras.

—No, no lo es. Mi primera muerte fue... —Trato de encontrar las imagines de ese día en mi memoria, pero nada llega—. No lo recuerdo.

«Me encargué de que no lo hicieras, pero ya es hora de que entiendas por qué tú y yo somos uno solo. No puedes sobrevivir sin mí».

NUEVE

Ethan

C uando era niño, adoraba pasar tiempo con mi madre. Pasaba horas en su regazo mientras me leía una historia o me cantaba alguna canción en italiano. Sin embargo, con el paso de los años, mientras iba creciendo, me hice consciente de que mi madre usaba ese tiempo conmigo para mantener a mi padre lejos, porque cuando yo no estaba cerca, él la golpeaba.

El día que llegó mi décimo cumpleaños, supe que todo iba a cambiar. No hubo fiesta, pastel o felicitaciones. Lo único que recibí fue un arma y la orden de matar a un desconocido. Desde entonces, no hubo más tardes en el regazo de mi madre o canciones en italiano, pero en más de una ocasión logré que mi padre regresara a casa sin ganas de golpearla. Prefería ser yo el objetivo de sus palizas a que la dañara de nuevo a ella.

Pasé toda mi adolescencia formando una reputación y ahorrando todo lo que me ganaba por mis trabajos. En cuanto tuve lo necesario, me llevé a mi madre y a Levi los más lejos posible de Los Ángeles. Mi padre se puso furioso e hizo todo lo que pudo para encontrarlos, pero nunca lo logró. Cuando me volví capo, los traje de vuelta, le compré una linda casa en la playa a mamá y le ofrecí un puesto a Levi, pero lo rechazó. Ahí fue cuando nació la idea de abrir una línea hotelera.

El día que tomé el poder, mi padre escapó antes de que pudiera matarlo, y estoy seguro de que alguien le avisó de que iba por él. Le he estado siguiendo el rastro desde hace catorce años, pero siempre que estoy demasiado cerca de atraparlo, se escapa. Sé que solo lograré ponerle las manos encima cuando encuentre al traidor en mis filas, pero por ahora, disfrutaré del hecho de que la mujer más importante de mi vida está a salvo.

Bajo del coche y me dirijo a la casa de tonos cálidos frente a mí. A lo largo de los años mi madre convirtió esta casa en el hogar que nunca tuvo. No me toma mucho encontrarla; su lugar favorito es la parte trasera de la casa, ya que ahí puede sentarse y ver el océano.

—*Ciao, mamma*[1]. —La abrazo desde atrás, le dejo un beso en cada una de sus mejillas y me siento a su lado—. No te asustaste.

Generalmente, se sobresalta cuando no me anuncio o no le aviso que vendré.

—Ryan me avisó que vendrías —dice con una sonrisa divertida.

Niego con la cabeza.

—Ese traidor. No me deja divertirme.

—Debería tirar de tu oreja por divertirte a costa de tu madre. —Me dedica una mirada de reprimenda y luego recupera su sonrisa—. ¿Cómo estás, *figlio*[2]?

Me relajo en mi asiento y observo el océano. Es reconfortante.

—Creo que he estado mejor, pero no es nada que no pueda resolver. ¿Y tú? ¿Necesitas que tu maravilloso hijo te resuelva algo?

Tan rápido como pronuncio las palabras, golpea mi brazo con el libro que tiene en su regazo, lo que me hace reír.

—Por esa arrogancia es que sigues soltero. —Me dedica una sonrisa triste que oprime mi pecho—. ¿Cuándo vas a casarte, *figlio*? No me hago más joven, y me gustaría conocer a mis nietos.

La presión en mi pecho aumenta. Traer un niño a mi mundo sería un acto de crueldad, pero sé que puedo protegerlo. Lo que más me aterra es que nazca y, cuando crezca, también escuche una voz en su interior. No puedo hacerle eso a mi hijo.

—*Mamma*, ¿cómo era de niño? —pregunto sin poder mirarla a los ojos, temiendo que se dé cuenta del monstruo en el que me he convertido.

—Eras un niño muy dulce, cariño. —Una sonrisa nostálgica adorna su rostro—. Te encantaba jugar con tus juguetes y disfrutabas molestándome siempre que podías. Tú y tu hermano eran niños muy traviesos.

Sin darme cuenta, estoy sonriendo, y todo el caos en mi interior se detiene. Es completamente diferente a cuando discuto con Mila, ella lo alborota todo y aleja mi parte racional, lo cual me irrita. No me gusta perder el control.

—¿Nunca te parecí un niño problemático? ¿O... extraño?

Frunce el ceño al mismo tiempo que me escruta con la mirada.

—¿Qué sucede, cariño? ¿Qué te preocupa? —Extiende la mano y toma la mía—. Nunca me has permitido ver que algo te afecta, y me preocupa que lo estés permitiendo ahora.

Ignorando la opresión en mi pecho y el nudo que se ha formado en mi garganta, me armo de valor y la miro a los ojos.

—¿Qué tanto cambié después de mi cumpleaños número diez? —Como respuesta, sus ojos se llenan de lágrimas, pero necesito saberlo. Después del sueño de hace dos días no sé qué es real y que sí—. Después de ese día, vivo en completa oscuridad. Y creo que al fin estoy perdiendo la poca cordura que tenía.

—Ay, cariño —dice negando, mientras, las lágrimas recorren sus mejillas—. Lamento no haberte protegido. Lo que te hizo tu padre es imperdonable —Dijo, las mismas palabras que repitió en mi sueño. Entonces, sí fue real. Limpio las lágrimas de su rostro; me duele verla así, pero ahora necesito saber la historia completa, solo así podré comprender por qué él dice que no puedo sobrevivir sin su ayuda—. La noche de tu cumpleaños, mientras dormías, tuviste una pesadilla.

Busco entre mis recuerdos, pero lo único que hay de esa noche es el sonido de la bala y el cuerpo inerte en el suelo.

—No lo recuerdo.

—Hay lagunas en tu memoria, ¿cierto? —Asiento—. Esa noche entré en tu habitación luego de escuchar los gritos y te encontré sentado en la cama, mirando hacia la nada. Me tomó varios minutos obtener tu atención, y cuando me miraste... —Más lágrimas abandonan sus ojos—. Supe en ese instante que una parte de tu alma murió con ese hombre. No era mi hijo quien estaba sentado en esa cama.

—¿Era diferente? —pregunto en un susurro.

Asiente.

—No había rastro de emoción en ti, pero aun así, dijiste: «No te preocupes, ahora yo cuidaré de él». —Se sorbe los mocos para luego limpiarse las lágrimas del rostro, yo había dejado de hacerlo en algún momento sin darme cuenta—. Al día siguiente, te llevé con un terapeuta. Su diagnóstico fue que, debido al trauma, desarrollaste un trastorno de personalidad.

El silencio se hace entre nosotros. Un trastorno de personalidad. Eso explica muchas cosas.

—¿Hay tratamiento? —pregunto con la esperanza floreciendo en mi interior.

Mi contraparte decide manifestar su desacuerdo con una ola de enojo que hace que todo mi cuerpo se estremezca, pero agradezco que no pronuncie palabra. Odiaría tener que discutir con él enfrente de mamá. Lo que menos quiero es causarle más daño.

—Lo hay. Yo... se lo comenté a tu padre, creí que me ayudaría a curarte, pero me prohibió que te diera los medicamentos. Dijo que te convertiría en la mejor máquina de matar. —La tristeza con la que me observa me abruma. Se veía tan rota—. Y lo logró.

No intento negarlo. Muchas veces tuvo que ver el resultado de una sesión de tortura dirigida por mí. Siempre me molestó que mi padre a veces la obligara a mirar.

—¿Por qué no me lo habías dicho?

No estaba molesto, solo quería terminar de comprender la situación.

—Creí que te habías curado. Parecías tan normal que pensé que era innecesario hacerlo. Ahora me doy cuenta de lo equivocada que estaba.

Sí, tal vez todo sería completamente diferente si hubiera iniciado el tratamiento hace años.

—¿Por qué hasta ahora lo mencionas, hijo?

No respondo su pregunta tan rápido como me gustaría, porque no estoy seguro de saber la respuesta.

«La sabes».

—Hay una mujer... —Su mirada se ilumina con lo que creo que es esperanza—. No, no es nada lo que te imaginas. Es hija de uno de mis enemigos y... La secuestré.

La ira y la decepción inundan su mirada, y entonces me arrepiento de lo que le dije.

—¡Ethan O'Connor! ¡¿Cómo te atreves?! —grita poniéndose de pie rápidamente—. ¡¿Después de todo lo que me hizo pasar tu padre sigues sus pasos?!

—No. No. No es lo que crees, mamá. Te lo prometo.

—¡Entonces explícame! O te juro por Dios que iré por esa chica y no podrás detenerme.

Tragando saliva, la tomo de las manos y la obligo a sentarse. Le iba a dar un infarto si seguía gritando así.

—No le he hecho daño. Se la pasa todo el día en su habitación y he designado a Ryan como su escolta. Y no ha intentado propasarse con ella —agrego rápidamente la última parte al ver como la ira brilla con fuerza en sus ojos.

—Si me estás mintiendo, quemaré todos tus estudios de arte.

Mi rostro se vuelve pálido. Ella sabe lo mucho que atesoro cada pieza de arte en mi poder.

—Te lo juro, madre.

Suspira y parece que se ha calmado, al menos de manera parcial.

—Bien. ¿Qué pasa con esa chica? —dice, recuperando la calma.

—Es muy temperamental. Mi otra parte se vuelve loca cuando está cerca de ella. Me vuelve imprudente y completamente irracional. Él... la quiere. No de una forma romántica, solo quiere poseerla.

—¿Está obsesionado?

—...

—Sí, eso me parece —dice con un suspiro—. Cariño, hace años conocí a un hombre como tú y me comentó que, a veces, es imposible separar tus anhelos de los de tu otra parte. Que a veces esa necesidad tan fuerte que sienten es porque una de las partes se está negando a sí misma a lo que quiere. Así que ahora te pregunto, *figlio*, ¿no sientes ni la más mínima atracción por esa mujer?

—No.

«Mentira».

Sí, es atractiva, cualquier hombre en su sano juicio puede verlo, pero la única razón por la que sigue respirando es porque la necesito para mantener a la Bratva al margen.

«Esa es otra mentira. Disfrutas discutir con ella porque te hace sentir vivo».

Ignoro sus palabras, pero aun así se graban en mi mente a fuego vivo.

Mi madre asiente y parece pensativa por unos segundos.

—Tienes que volver a terapia. Ahí podrán ayudarte en lo único que yo no pude.

Le presión regresa a mi pecho, nunca me lo dijo, pero siempre se sintió culpable de todo lo que mi padre me hizo. Lo que ella no entiende es que si alguna vez lo hubiera enfrentado, tal vez no estaría aquí a mi lado. Así que me alegra haber tenido que pasar por todo ese infierno, porque la recompensa es ver su cuerpo relajado y su rostro libre de líneas de tensión.

—Lo haré. Lo prometo.

Asiente, vuelve acomodarse en su silla y toma el libro.

—Sé bueno con esa chica, Ethan, si no, tendremos problemas.

No necesito responder, ella sabe que la he escuchado fuerte y claro, y de no ser así, tampoco repetirá lo que dijo. Nunca dice las cosas dos veces. Paso el resto de la mañana escuchándola leer una novela romántica y, cuando llega el momento de irme, me siento más ligero.

Llamo a Ryan de camino a casa y le pido que le diga a Mila que se aliste, porque saldremos.

Durante todo el trayecto a casa, pienso en sus palabras. Mi otra personalidad ha tomado el control cuando las cosas se ponen feas. A su manera, ha estado protegiéndome de toda la mierda. Hemos sido solo nosotros dos por veintiocho años y, aunque lo amenacé incontables veces con deshacerme de él, ¿qué pasará si lo hago?

«Toda la mierda que no recuerdas se te vendrá encima».

Y si ya estoy loco, de seguro termine internado en un maldito manicomio al recordarlo todo.

Me detengo a las afueras de mi edificio para esperar a Mila y a Ryan mientras analizo todas mis opciones.

No sé qué demonios hacer.

El camino a una de mis galerías de arte es silencioso. Ryan va frente a nosotros en otra camioneta. Mila, a pesar de que no se veía demasiado contenta porque la obligué a salir, no protestó cuando le dije que se subiera al coche. Tal vez mi ofrenda de paz de hace un par de días fue suficiente para poner un alto al fuego entre nosotros.

Le abro la puerta del coche y le señalo el camino. A pocos pasos nos sigue Ryan. No la traje a mi galería principal, ya que, si escapa, no quiero que revele la ubicación de ese lugar; ahí se encuentran mis piezas de arte más valiosas. Es mi pequeño santuario.

—¿Este lugar es tuyo? —pregunta Mila llena de evidente sorpresa al entrar. No puedo evitar sonreír ante eso.

—Así es, y esta es solo una de las tantas galerías que poseo.

El espacio es completamente blanco y todo está impecable. Me gusta que las piezas sean lo único que atraiga la atención. Todas las galerías, a excepción de la principal, están abiertas para que las visiten cualquier día de la semana, por lo que, además de nosotros, hay otro par de personas.

Observo a Mila maravillarse con todo a su alrededor y, sin darme cuenta, mi mirada se desliza de su rostro hacia su cuerpo. Lleva un delicado vestido blanco con flores azules, largo, un escote en V sutil. No quiero admitirlo, se ve hermosa con ese atuendo.

Sus tacones resuenan en el lugar, lo que atrae la atención de algunas de las parejas, rápidamente. Sin pensarlo en lo más mínimo, me acerco a su lado con su brazo casi rozando el mío. El roce envía una corriente de electricidad por todo mi cuerpo que acelera mi corazón. Trago saliva cuando me dedica una radiante sonrisa que calienta todo en mi interior.

Las palabras de mi madre se repiten con fuerza en mi mente: «A veces, es imposible separar tus anhelos de los de tu otra parte. Que a veces esa necesidad tan fuerte que sienten es porque una de las partes se está negando a sí misma a lo que quiere».

—Es hermosa —susurra Mila, lo que me saca del caleidoscopio de emociones y pensamientos que azotan mi cuerpo.

—¿Te gusta? —pregunto en otro susurro. Temiendo que, si hablo demasiado fuerte, se asuste y aleje.

—No está nada mal para una bestia como tú. —La «bestia» en mi interior se ríe, divertido, por la situación—. Es lindo.

—Gracias. —Decido ignorar su insulto y concentrarme en la forma en que sus ojos brillan al mirar el lugar. De verdad le gusta, y eso, por algún motivo, me hace feliz—. ¿Quieres que te dé un recorrido?

Para mi sorpresa, asiente, así que en un silencio cómodo le muestro el lugar. Me detengo frente a alguna de las pinturas y le explico la historia detrás de ellas. Pasamos alrededor de una hora hablando de lo que vemos en cada una de las pinturas y, cuando dice que le duelen los pies, tomamos asiento en una de las bancas libres.

—¿Quieres algo de beber?

Niega sin despegar la mirada de la pintura que está frente a nosotros.

—¿Por qué te gusta el arte?

Su pregunta me toma con la guardia baja. Es una pregunta que nadie nunca me ha hecho, y no sé si ella, de todas las personas, sea la indicada para saber la respuesta. La miro por varios minutos en completo silencio, mientras que ella sigue contemplando la pintura. Esta es la primera vez, en el poco tiempo que llevo conociéndola, que me permito disfrutar en verdad de su compañía, y puedo decir que no me desagrada. De hecho, es todo lo contrario.

—Si respondo honestamente, ¿puedo hacerte una pregunta y esperar lo mismo de ti?

Aleja la mirada de la pintura y centra sus ojos marrón chocolate en mí. Hay tanto en su mirada que no logro concentrarme en una sola emoción.

«Es un caos como nosotros».

Sí, pero no uno que destruirá todo a su paso.

—No estás en condición de pedirme algo.

Sonrío.

—Y tú no estás en condición de negarte.

—Podría hacerlo.

El destello de una emoción que no reconozco ilumina sus ojos, dándole el aspecto de dos gemas preciosas.

«Brilla, princesa. Brilla para nosotros».

—Pero no lo harás. ¿Tenemos un trato, señorita Drozdova? —pregunto, extendiéndole la mano con una sonrisa.

Mira mi mano como si fuera a quemarla cuando la toque, pero de nuevo, para mi sorpresa, la estrecha con un fuerte apretón.

Ladea el rostro y estudia mi expresión.

—Me parece que le he vendido mi alma al diablo.

Mi expresión no lo demuestra, pero comprendí cada palabra en ruso que pronunció, y no sabe cuánta razón hay en sus palabras.

El Ángel Caído querrá no solo quedarse con su alma, sino también con ella.

DIEZ
Mila

—N o solo me gusta el arte, princesa. Lo amo, ya que es una de las pocas cosas en este mundo que me transmiten paz. No importa qué tan oscura, triste o rota sea una pintura, siempre será una obra hermosa, y eso es increíblemente cautivador.

Observo su perfil y me permito ver más allá del duro hombre que a veces tiene que ser. A pesar de que tiene treinta y ocho años, en este momento parece mucho más joven. Creo que es la primera vez que tenemos una verdadera conversación, y debo decir que es agradable. No había hablado con otra persona aparte de Ryan durante estos días.

—¿A tu otra parte también le gusta el arte?

Asiente.

—Aunque le gustan más las cosas brillantes.

—¿Joyas? —pregunto con el ceño fruncido.

Me dedica una extraña mirada que me inquieta por unos segundos. Aún puedo recordar con claridad la sensación de sus manos en mi cuello, inmovilizándome, y aunque sé que no era Ethan, no puedo evitar sentirme cautelosa en su presencia.

—Podría decirse que sí. Adquirí el gusto por las joyas cuando me volví capo. Es increíble como algunas piedras parecen ser tan delicadas, pero en realidad son duras de romper.

Aparto la mirada de la pintura frente a mí, Ethan tiene la mirada perdida en un punto fijo de la pared. Es como si mi pregunta lo hubiera llevado lejos en el pasado; parece perdido.

—¿Te gusta ser capo?

—Ninguno de los que nacimos en este mundo tenemos elección. Disfruto del poder y el miedo que sienten las personas cuando escuchan mi nombre, pero si hubiera podido elegir, esta no sería mi vida.

—¿Qué hubieras elegido de haber tenido la oportunidad?

La pregunta parece ser lo bastante interesante para él o para su otra parte, porque deja de mirar la pared y centra su atención en mí.

—¿Quieres una respuesta honesta, princesa? —Asiento. El color de sus ojos se ha tornado más oscuro—. Sería el mejor ladrón de arte del mundo.

En cuanto mi cerebro procesa la información, no puedo evitar reírme a carcajadas. La risa brota con una facilidad de mi cuerpo con la que no lo hacía hace muchísimo tiempo, incluso la sensación de reír es extraña, pero me dejo llevar por dicha sensación. Solo me detengo cuando la falta de oxígeno oprime mi pecho. Tengo la respiración acelerada y la mirada brillosa por las lágrimas contenidas.

Cuando me recompongo en su totalidad, miro a Ethan, quien mantuvo la mirada sobre mí todo este tiempo. La oscuridad de sus ojos se ha disipado casi en su totalidad, y en su lugar hay una sonrisa que ilumina su rostro y le da un aspecto más juvenil y relajado.

Es la primera vez que lo veo sonreír de esta forma, y me gusta.

Sacudo la cabeza ante dicha idea, no, no me gusta verlo sonreír. Simplemente le sienta bien.

—¿Qué? —pregunto en un susurro.

Niega sin dejar de sonreír.

—Nada. ¿Por qué te has reído?

El recuerdo de su declaración me hace sonreír a mí.

—Estaba esperando otra respuesta. Aunque no debí de sorprenderme, te encanta el arte, es lógico que quisieras algo relacionado con esto —digo señalando todo lo que nos rodea.

—Lo veo de esta forma, con la vida que tengo, gano el suficiente dinero para comprar piezas de arte valuadas en millones. Pero si no tuviera todos esos millones, robaría las pinturas. De alguna u otra forma, cada una de estas piezas sería mía.

Tiene sentido. Yo también no hubiera encontrado el modo de ser modelo si mi madre no hubiera tenido los recursos para pagarme las clases, trajes y demás.

—Eres perseverante.

—Así es. Lo que quiero, lo obtengo de una u otra forma.

Sus palabras me recuerdan a la situación en la que me encuentro y me irrito, porque por un momento olvidé el hombre que en realidad es y la situación en la que me puso.

—¿Así como me usaste a mí para obtener la paz con mi padre y el Pakhan?

—Sí, y no me arrepiento de haberlo hecho.

Cada palabra es como una cuchilla en mi corazón, y no sé por qué me afecta tanto lo que ha dicho. Es mi secuestrador, y no tengo por qué esperar algo de él.

—Sé eso con certeza —le espeto.

Me pongo de pie y me alejo. No voy a discutir con él, después de todo, tenemos una tregua tácita.

—Ryan, quiero irme —digo, acercándome en grandes zancadas hacia él.

—Por supuesto, Mila...

—No, no te irás sin tener lo siguiente muy en claro.

Me planto en seco. No me queda energía para pelear, pero he tenido suficiente.

—¿Y ahora qué es lo que quieres? —pregunto, dándome la vuelta para enfrentarlo. Estamos montando un espectáculo ante los demás visitantes de la galería, pero si ellos saben lo que les conviene, no dirían nada—. ¿No te bastó con privarme de mi libertad? ¿Con inmovilizarme sobre una mesa para hacerme Dios sabía qué?

El veneno y el dolor se filtran en cada palabra, lo que me hace sentir débil y expuesta, pero pasé días guardando en una pequeña caja todo lo que siento, y no puedo seguir conteniéndolo más.

—Yo...

Niego cuando se queda en silencio.

—Ni siquiera puedes disculparte. —Golpeo mi dedo contra su pecho mientras las lágrimas nublan mi visión—. No quiero una disculpa de ti, sino de tu otra parte. «Tú» fuiste el que me hizo daño.

Miro los oscuros pozos en los que se han convertido sus ojos y sé que estoy frente a la bestia. Al Ángel Caído.

—No creo en las disculpas, cariño, pero si lo que quieres es que me arrastre para obtener tu perdón para tenerte, lo haré.

—No soy un objeto al que puedas poseer.

Me recorre con la mirada, mientras, parece pensar en mi respuesta.

—Tal vez, pero serás mía. Es lo que quiero.

Dejo salir un suspiro exasperado.

—Lo que tú quieras no importa. No puedes imponer tus deseos sobre la integridad de otra persona. También hay cosas que yo quiero y por culpa de ambos tal vez nunca las consiga.

Doy un par de pasos para alejarme de él, y el ventanal vuela en miles de pedazos. El caos se desata. Mi cuerpo es empujado con fuerza por alguien hacia el suelo, segundos después, una fuerte explosión sacude todo a mi alrededor y el mundo se vuelve negro.

Ángel Caído

Siento que el cuerpo de Mila se tensa debajo de mí y como intenta quitarme de encima para ponerse de pie, pero no me muevo ni un centímetro. El techo de la galería se está cayendo a pedazos y los disparos resuenan por todo el lugar. Miro a mi alrededor hasta que encuentro a Ryan, desplomado en el suelo. Hay una mancha carmesí cubriendo su hombro izquierdo.

Mierda.

El personal y las demás personas que están en la galería se escondieron en cuanto el ventanal se hizo trizas, por lo que los únicos a la vista son mis hombres. Tengo alrededor de cinco hombres en cada una de las galerías por si alguien es lo suficiente idiota para intentar robarme, y ahora estos hombres son los que sacarán de aquí con vida a Mila.

No permitiré que algo malo le pase.

En cuanto los disparos se detienen unos segundos, me incorporo, impulso a Mila al frente y nos refugiamos tras una pared. Las balas silban a nuestro alrededor, y esa es la señal que necesito para ponerme manos a la obra, salir ya a cazar y liquidar a los idiotas que intentaron matarnos hace un instante.

—Necesito que escuches con atención —digo, pero la mente de Mila parece estar a miles de kilómetros, así que la sacudo para llamar su atención, pero no reacciona.

¿Qué demonios le está pasando? La escaneo con la mirada para asegurarme de que no está herida y regreso la atención a sus ojos. Ver el terror en su mirada remueve algo en mi interior, tal vez sea Ethan quien está inquieto por toda la situación, pero sé que soy «yo» quien siente esta preocupación por Mila, y dicha emoción nunca ha tenido cabida en mi alma.

—¿Cariño? Necesito que reacciones. Ahora. —Sus ojos se

dirigen hacia mí, pero es como si vieran a través de mí. Los disparos se escuchan cada vez más cerca, lo que quiere decir que han acabado con casi todos mis hombres. Mierda, tengo que sacarla de aquí—. ¡Mila, reacciona! —Inhala una gran bocanada de aire y parpadea un par de veces hasta que me mira. El miedo aún se encuentra ahí, pero no están el vacío y la desesperanza que lo habían acompañado segundos atrás—. Escúchame con atención. Cuando yo te diga, vas a correr hacia la parte trasera de la galería. Encontrarás ahí una oficina, vas a encerrarte en ella hasta que yo vaya por ti, ¿lo entiendes?

Asiente, pero no es suficiente. Necesito escuchar su melodiosa voz.

—Usa tus palabras, princesa.

—Lo entiendo —susurra con voz temblorosa.

La presión en mi pecho aumenta al verla así, tan frágil. No me gusta. Siento como si algo se rompiera dentro de mí, y es una sensación completamente extraña y nueva.

—Bien. —Saco dos armas de mi espalda y le entrego una—. ¿Sabes cómo usarla? —Niega, así que le explico en cuestión de dos minutos qué debe hacer y salgo de mi escondite. Le disparo a dos hombres que se encuentran cerca de nosotros y regreso con Mila. Solo queda uno de mis hombres de pie y hay cuatro hombres, que estoy casi seguro de que son de Kraken, disparando desde la entrada de la galería—. Vas a correr en cuanto salga y no mires hacia atrás.

No le doy tiempo de responder y salgo de nuevo, en esta ocasión, me alejo de la pared sin dejar de disparar. Los hombres de Kraken se esconden en cuanto ven quién se ha unido al enfrentamiento, pero yo no retrocedo, nunca lo hago. A medida que avanzo, me acerco al cuerpo inerte de Ryan. ¿Está muerto? Si es así, Kraken lo pagará con cada gota de sangre que circula por su cuerpo. Nadie ataca a mi familia y vive para contarlo.

La creciente necesidad de mirar hacia atrás para ver si Mila se encuentra a la vista me invade, pero sé que la necesidad no es completamente mía. De forma inconsciente, no empujé a Ethan hasta los rincones más oscuros de mi mente, para que así no fuera consciente de todo lo que está pasando. Sé que debería hacerlo, pero si quiero que me acepte como una parte de sí mismo, tengo que dejar de esconderle lo que hago cuando estoy al mando. Solo así comenzará a confiar en mí. Con eso en mente, atenúo sus sentimientos para que no me distraigan; para que Mila no lo haga.

Una bala pasa rozando mi hombro, pero no me inmuto, en su lugar saco uno de los cuchillos que siempre llevo conmigo y lo lanzo en dirección al que me disparó. Observo con satisfacción cómo el cuchillo se entierra en su cuello y un chorro de sangre salpica las antes paredes blancas de la galería.

Uso mi cuerpo para proteger el de Ryan, si sigue vivo, otro disparo seguro lo matará. Recargo el arma con el único cartucho de repuesto que siempre cargo y vacío el cargador en el segundo hombre de Kraken que queda en pie. Con la última bala, sabiendo el momento exacto en el que saldrá, le disparo en el hombro a Sánchez, la mano derecha de Kraken.

Con el área libre de enemigos, me agacho y busco el pulso de Ryan, y un suspiro me abandona al encontrarlo. Está vivo. Busco a mi único hombre vivo con la mirada, que está recostado en una de las paredes con las manos apretando su pierna derecha. Además de eso, luce perfectamente bien.

—Josh, necesito que llames a la clínica para que envíen una ambulancia. Diles que si no llegan en los próximos diez minutos, enviaré a un par de hombres para que maten a todo aquel que esté sin hacer nada mientras Ryan se está muriendo. ¿Fui lo bastante claro?

—Sí, señor.

Su voz no tiembla ni siquiera un poco a pesar del disparo que tiene en la pierna y del mensaje que le pedí que transmitiera. Me enorgullece decir que para mí solo trabajan los mejores.

Me alejo de Ryan y me dirijo a donde está Sánchez. No puedo evitar sonreír mientras me acerco, mi enemistad con Kraken tiene muchos años, pero el verdadero grano en el culo es Sánchez. Me odia, y por buenas razones; asesiné a su hijo hace un par de años en uno de los enfrentamientos que tuvo su gente con la mía. Desde entonces, hizo de su misión personal matarme, pero, para sorpresa de nadie, no lo consiguió.

—Es bueno verte, Sánchez —digo en español. Sánchez y su hijo son inmigrantes de México, y antes pertenecían a un cártel. Su brazo derecho se encuentra totalmente ensangrentado y tiene algunos moretones en el rostro. Sin dejar de sonreír, digo—: Te ves como la mierda.

Ríe entre dientes y, enseguida, una mueca de dolor tensa sus facciones.

—Eres tan encantador como siempre, Ethan. Dime, ¿cuánto tiempo crees que tardará el padre de Drozdova en encontrarla? —Un músculo en mi rostro se contrae y Sánchez parece notarlo—. Oh, sí. Sabemos que la tienes desde hace días, pero Kraken me envió para confirmarlo. Es tan bonita como en todas esas imágenes de pasarela que vi.

El pensamiento de Sánchez y sus hombres viendo fotografías de Mila tensa mis entrañas. No me agrada la sensación que recorre mi cuerpo, así que la empujo a un rincón oscuro para analizarla más tarde.

—Su padre no la encontrará, pero en caso de que lo haga, solo se llevará su cuerpo sin vida. Ahora, Sánchez, ¿qué te parece si nos ponemos al día? —Extraigo mi cuchillo de la garganta del hombre al que se lo lancé y me acuclillo frente a Sánchez—. Ha pasado mucho tiempo desde que no nos vemos, ¿cómo se encuentra tu hijo? —La ira brilla en su mirada con fuerza, lo que provoca que mi sonrisa crezca—. Es cierto, lo olvidé por un momento. Está muerto.

—Por tu culpa —responde antes de escupirme en la cara; con asco me quito la saliva de la mejilla.

—Eso es debatible si lo vemos de la siguiente forma: eres su padre y no lo protegiste de este mundo. En su lugar, lo enviaste a un enfrentamiento sin que tuviera el entrenamiento adecuado, y para su mala suerte, todos mis hombres tienen un excelente entrenamiento. —Ladeo la cabeza sin dejar de mirarlo—. ¿De quién es la culpa entonces?

—¡Voy a matarte!

No me inmuto ante su grito, sus amenazas nunca fueron importantes para mí.

—Hagamos algo, te daré la oportunidad de matarme si me dices quién te dijo que tengo a Drozdova.

Una estúpida sonrisa tira de sus labios, lo cual me irrita, así que, sin pensarlo demasiado, aprieto la herida en su hombro, por lo que es mi turno de sonreír cuando comienza a gritar.

—¿Quién es tu fuente?

Escupe sangre y me observa con la mirada desorbitada.

—Lamentaré no estar vivo para ver tu expresión cuando sepas quién te traicionó.

La ira, una constante en mi sistema, toma control y le abro la garganta de oreja a oreja con mi cuchillo. No me alejo cuando la sangre salpica mi ropa y mi rostro, en su lugar, observo como la vida lo abandona lentamente, cómo su boca se abre y se cierra buscando oxígeno. Pero ambos sabemos que nunca volverá a sentir algo tan simple como el aire en su rostro.

Me pongo de pie al mismo tiempo que se escucha el sonido de la ambulancia. Sabiendo que están aquí por Ryan, me dirijo a la parte trasera de la galería para buscar a Mila. Es hora de que nos vayamos de aquí. Entro a la oficina y escaneo el lugar, la encuentro sentada en la esquina más alejada de la habitación con los brazos rodeando sus piernas.

Cierro la puerta, lo que atrae su atención, y con la mirada completamente desorbitada alza el arma que le di.

—¡Aléjate o disparo! —susurra. Las lágrimas corren por su rostro. No me gusta verla llorar, ahora reconozco esa opresión en mi pecho, y es dolor. No lo sentí cuando fui el causante de sus lágrimas hace días, pero ahora es diferente. Todo lo es—. ¡No vas a llevarme de nuevo! ¡No vas a lastimarme como él lo hizo!

La ira, en parte mía y de Ethan, me golpea con fuerza. ¿Alguien le hizo daño?

Alzo las manos en señal de paz y, con lentitud, doy un paso en su dirección. No me quita la mirada de encima mientras me acerco, pero, con cada paso que doy, su agarre en el arma se aprieta. Cuando solo nos separan un par de pasos, me siento en el suelo, lo que me hace ver menos intimidante. Está asustada, por no decir que aterrada, y esto es lo que necesita.

—No voy a hacerte daño, ¿sí? —Por primera vez en veintiocho años, soy amable con alguien. Por primera vez, siento la preocupación recorriendo mi cuerpo. Por primera vez, ansío ver la sonrisa de alguien y no su dolor—. Sé que no comenzamos con buen pie, cariño, pero te prometo que no volveré a sobrepasar tus límites. No volveré a tocarte a menos que lo pidas.

Siento como Ethan empuja mi control; quiere consolarla. Tampoco le gusta verla de esta forma. Miro sus ojos, que se encuentran brillosos por las lágrimas, y tengo la sensación de que, si los observo por demasiado tiempo, podría perderme en ellos.

¿Qué es lo que nos estás haciendo, mi pequeño diamante?

—¿Por qué debería creerte? ¡Él también parecía ser bueno! Y él... —Aprieta los labios con fuerza, como si dudara en decirme lo que le hacía.

—¿Qué fue lo que te hizo, cariño?

Niega.

—¡No confío en ti! —Empuja el caño del arma contra mi pecho—. ¡Me secuestraste, maldición! ¡Debería matarte y huir!

Sin dejar de mirarla a los ojos, mantengo el arma presionada contra mi pecho y le quito el seguro.

—Entonces hazlo, princesa. Mátame y recupera tu vida. Sé libre.

Las palabras le provocan un sollozo, y la necesidad de atraerla a mi pecho y abrazarla tensan mi cuerpo. Nunca he querido darle un abrazo a alguien.

—Si te mato y huyo, él me encontrará. Nunca seré libre, siempre terminaré en una jaula de oro.

—No tiene por qué ser así. Puedes tener la libertad que deseas.

—¿Cómo?

La esperanza ilumina su rostro y me siento brevemente deslumbrado por ella.

—Lo único que necesito es que tu padre crea que te haré daño si ataca a mis hombres. Del resto, puedes seguir con tu vida. Irás a los eventos y modelarás. Harás todo lo que quieras.

—¿Lo prometes?

Algo se remueve en mi pecho. A pesar de cómo han sido las cosas para ella, está dándome el beneficio de la duda. Son demasiadas cosas las que estoy sintiendo en este momento, y no puedo darles nombre. Solo sé que ella me está arrojando a un pozo donde todo es desconocido.

—Lo prometo, princesa.

Su agarre sobre el arma se debilita y la tomo antes de que pueda arrepentirse y me dispare. La guardo junto a la otra en mi espalda.

Me pongo de pie y, en lugar de tomarla del brazo y ayudarla a levantarse, le tiendo la mano. Le doy la opción de que ella haga lo que desea. Me mira fijamente por lo que parece una eternidad hasta que acepta mi mano y la ayudo a pararse.

—No me hagas arrepentirme —susurra en ruso.

No lo haremos.

Ethan, que había estado inquieto todo este tiempo, ha regresado a las sombras de mi mente, permitiéndome por primera vez el control.

Parece que hoy ha sido un día para muchas primeras veces.

ONCE

Mila

Los últimos dos días he dormido, pero no descansado. La tormenta del ataque en la galería aún se siente sobre mi piel, como si mi cuerpo se hubiera quedado atrapado en ese momento. Mis sueños se confunden con gritos, pasos y armas alzadas. Y a veces, sin poder evitarlo, también aparece Kazimir, con esa mirada oscura que me aterrorizaba más que sus amenazas, porque eran la calma antes del huracán.

A pesar de ello, durante las últimas dos noches, he bajado a cenar a pesar de que Ethan ha estado presente. No tenía por qué hacerlo, pero supongo que quería darle el beneficio de la duda. Y él ha estado cumpliendo su promesa. No ha vuelto a tocarme sin permiso. Ha mantenido su distancia. Me ha dado una extraña forma de libertad dentro de esta prisión con vistas al cielo de Los Ángeles. Y por contradictorio que parezca, eso me confunde más.

Aunque, si soy sincera conmigo misma, lo que tiene todos mis sentimientos a flor de piel es su otra personalidad. Sé que fue él quien me ofreció esta clase de nueva libertad. Sé que fue él quien me pidió que le disparara y huyera, y aunque en parte no lo hice porque no tendría a dónde ir, también me negué debido a que hay un monstruo al que le temo aún más. Casarme con Kazimir sería mi infierno sobre la Tierra, y después de todo, se necesita a una bestia para combatir a otra.

Y tengo la sospecha de que he encontrado a la mía. Ethan ni el Ángel Caído van a dejarme ir, ahora soy consciente de ello. Si huyo, me buscará, y por primera vez alguien me está ofreciendo una verdadera libertad. Tal vez, cuando de alguna forma todo se resuelva con la Bratva, pueda irme, pero por ahora, tomaré lo que me ofrece y viviré como nunca antes. Sin miedos, maltratos o amenazas. Y al final, con el tiempo, encontraré lo que mi madre siempre quiso para mí: felicidad.

Hoy es uno de esos días grises en los que no pasa mucho, pero todo se siente más pesado. Ethan se ofreció esta mañana a acompañarme a la *boutique* asociada con Victoria's Secret que necesita verificar mis medidas, para así evitar alguna contingencia, como que el vestido que voy a modelar me quede grande. De nuevo, tuve la opción de negarme y dejar que sus hombres me llevaran, aunque si hubiera estado Ryan, habría aceptado. Lo fuimos a visitar el día después del ataque y, aunque estaba inconsciente por los fuertes medicamentos que le dieron para el dolor, me alegró saber que estaba bien.

Así que, creyendo firmemente que las personas a veces merecen una segunda oportunidad, acepté su oferta y permití que liderara el camino.

La *boutique* es elegante, demasiado. Las paredes son de un blanco impoluto, el suelo brilla como si nadie lo hubiera pisado y cada estante está decorado con gusto. Las encargadas, dos mujeres rubias con sonrisas pulidas, nos reciben como si supieran exactamente quiénes somos. Y quizá es así.

Las pruebas son rápidas. Me toman medidas que ya han sido

enviadas a Nueva York, pero quieren confirmar que la información que les envié, antes de que todo en mi vida se convirtiera en un caos, no ha cambiado. Yo me dejo mimar y consentir, disfrutando todo el proceso. Extrañaba esta parte de mi vida.

Todo está en absoluta calma, con Ethan sentado en un sofá mientras vigila su entorno. Entonces, veo un hermoso vestido que me deja sin aliento.

Es completamente distinto al que usaré para el desfile: es negro, ceñido, con un escote elegante y un corte en la pierna que lo vuelve peligroso sin dejar de ser sofisticado. Me acerco sin pensarlo.

—Puedes probártelo si quieres —dice una de las encargadas.

No lo pienso dos veces y acepto, si Ethan tenía algo más que hacer, tendría que esperar un par de minutos más. Sentía como si el vestido me estuviera llamando, como si de alguna forma lo hubieran hecho para mí.

Cuando salgo del probador y me miro en el espejo, los ojos se me llenan de lágrimas. Hace una semana, creí que mi vida tal como la conocía se había acabado, pero ahora sé que es un nuevo inicio. Nunca antes me habría atrevido a usar un vestido de este estilo fuera de la pasarela, pero ¿por qué seguir poniéndome límites? La vida es muy breve y caótica como para no aprovecharla al máximo.

—Te queda perfecto —dice Ethan, despacio a mi espalda. Estaba tan perdida en mi reflejo que no me di cuenta de que se había acercado—. Deberías llevártelo.

Sacudo la cabeza, aunque me encantaría hacerlo.

—No tengo dónde usarlo.

En otro universo, en el que soy feliz viviendo en Rusia, usaría este vestido en uno de los tantos eventos sociales de la Bratva, pero en este universo siempre busqué una excusa para faltar. Los únicos eventos sociales a los que realmente disfruto ir son los que terminan conmigo sobre una pasarela.

—Tal vez pronto tengas una ocasión.

Me encuentro con su mirada en el espejo, hay una leve insinuación en sus palabras y no sé a lo que se refiere. Cuando un capo de la mafia asiste a un evento social con una mujer a su lado, solo hay dos explicaciones: es su amante o su mujer. Y yo estoy muy lejos de ser cualquiera de esas dos cosas.

Decido ignorar sus palabras y entro al probador a cambiarme. Hemos terminado aquí.

Cuando salimos de la *boutique*, me acomodo el cinturón mientras Ethan se sienta a mi lado. El coche arranca. El silencio nos envuelve, pero no es incómodo. Siento que quiere decir algo, pero no lo hace hasta varios minutos después.

—Te he notado inquieta estos días. Como si no estuvieras descansando bien.

—Estoy bien —respondo, tal vez demasiado rápido. Y para evitar que siga, añado—: Solo ha sido toda esta situación. Tengo que adaptarme.

Parece querer decir algo más, pero se detiene y lo agradezco. No necesitamos complicar las cosas. Apenas estamos saliendo del papel de secuestrador-secuestrada, no necesito que se convierta en mi amiga. No lo quiero. Porque si todo termina mal, uno de los dos saldrá jodido.

El silencio vuelve a rodearnos, pero, en esta ocasión, no es cómodo. Está cargado con pensamientos y palabras que queremos decir, pero ninguno lo hace.

Un sonido llama mi atención, así que miro por el retrovisor. Es entonces cuando todo se vuelve un caos.

El impacto sucede en segundos y el mundo gira. Un crujido de metal. Mi cabeza golpea algo, pero no lo suficiente para hacerme perder el conocimiento. Escucho gritos, una detonación, y luego unas fuertes manos tiran de mi cuerpo.

Como puedo, grito y forcejeo con la esperanza de que llegue alguien a ayudarnos. Pero Ethan solo trajo consigo a cuatro hombres, que iban delante de nosotros en otro coche. Cuando miro en la dirección en la que iban, la camioneta está en llamas.

El miedo oprime mi pecho, pudimos haber sido nosotros.

Trato de soltarme, pero la persona que me sostiene es demasiado fuerte. Mi cuerpo arde y duele por el accidente, aunque me niego a rendirme. Me secuestraron una vez, dos veces sería una maldita mala suerte.

Escucho a Ethan gritar mi nombre, pero no puedo responder, ya que presionan un trapo contra mi boca y siento un pinchazo en mi cuello. Quiero seguir luchando, no tuve oportunidad de hacerlo por primera vez, pero mi cuerpo comienza a sentirse pesado y débil.

Aun cuando me meten en otro vehículo, puedo seguir escuchando los gritos desesperados de Ethan mientras me llama. Mientras las garras de la inconsciencia tiran de mí, soy consciente de que esta es la segunda vez que Ethan pronuncia mi nombre en voz alta.

Y solo espero que la bestia que habita en su interior venga por mí.

Ángel Caído

Hay un nudo en mi pecho. No por el accidente, sino por la ausencia. Porque Mila ya no está.

Hay olor a sangre y muerte en el aire. No sé quiénes se la llevaron, pero pagarán con sangre. Nadie se atreve a joderme.

Mis manos están cubiertas de polvo. Aún escucho el eco del impacto. El coche destruido. Mis hombres gritando. Y ella siendo arrancada de mi lado sin que pudiera hacer nada.

Observo la camioneta que iba frente a nosotros. Está en

llamas. Mis hombres no tuvieron ninguna oportunidad de reaccionar ante el ataque.

Marco el número de Dante, quien responde al último tono.

—¿Qué?

—Necesito tu ayuda.

Escucho que suelta una maldición entre dientes.

—¿Qué mierda hiciste?

Cada músculo de mi cuerpo se tensa.

—Ahora no es un buen momento, Dante. Llama a los demás.

—Cada palabra está cargada de ira y parece notarlo, pero en lugar de responder, hace lo que le pido—. ¿Y bien? ¿Para qué nos convocas?

—Secuestré a Mila Drozdova hace poco más de una semana. Hace unos quince minutos nos embocaron de camino a casa y se la llevaron. Nathaniel, necesito que la encuentres.

—¿Qué carajos? —escupe Dante—. Ethan, juro por Dios que te mataré la próxima vez que te vea. ¡No puedes secuestrar a la hija de la mano derecha del Pakhan!

—Te dije que ahora no es un buen momento.

Se escucha un golpe seco de fondo.

—¿No es un buen momento? ¡Pues será tu buen momento, maldita sea! Hay canales, Ethan, que deben seguirse, y el secuestro no está entre ellos. ¿Por qué simplemente no mataste al Pakhan? ¡Encantado hubiera aceptado!

Lo medito por unos segundos. Es cierto que no estuvo de acuerdo con que Vladimir y yo nos involucráramos en el tráfico de armas, ya que eso provocaría una guerra, pero nunca dijo que no podíamos ir por la cabeza de la serpiente. Debimos haberlo hecho, así nada de esto estaría pasando.

—Ya está hecho.

—Eres un maldito dolor en el culo.

—¿Necesitas la ayuda de alguien más? —pregunta Velkan,

quien suena más gruñón de lo normal—. Tengo las manos un poco ocupadas en este momento.

—No, solo necesito a Nathaniel.

Los demás, a excepción de Nathaniel, Dante y Vladimir, cuelgan.

—La estoy buscando. —Las palabras de Nathaniel disminuyen la presión en mi pecho.

—Gracias.

—Nada de eso. Me debes un favor.

«Pagaremos lo que sea», susurra Ethan al fondo de mi mente. Lo había mantenido lejos, para que su angustia, la misma que sintió cuando vio cómo se llevaban a Mila, no me asfixiara.

—No importa el precio, lo pagaré.

—Bien.

—Debiste enviarla conmigo —dice Vladimir en tono acusatorio.

—¡¿Lo sabías?! —La ira de Dante parece haber aumentado tres cuartas partes—. Lo juro por Dios, si un día nos matan a todos, será por culpa de ustedes. Malditos idiotas

—¡Dante! —El grito de Vittoria, la esposa de Dante, al fondo de la línea, acalla la retahíla de insultos y amenazas que iba a soltarle a su marido—. ¿Qué te dije sobre maldecir cuando estoy cerca? Tu hijo seguirá en mi vientre, pero estoy segura de que puede escucharte.

—Lo siento, pajarito. No me di cuenta de que estaba hablando tan fuerte.

Reprimo una carcajada ante la suavidad en el tono de Dante. El gran capo de la mafia siciliana dominado por una mujer. Aún me sorprendo cada vez que los veo juntos. Son tan diferentes, pero tan iguales al mismo tiempo.

—Encontré algo —dice Nathaniel, interrumpiendo mis pensamientos.

—Habla.

—Intercepté una red de mensajes encriptados. Son de un grupo que organiza subastas clandestinas. Al parecer, subastarán a la señorita Drozdova. El que la consiga podrá pedirle a la Bratva lo que sea a cambio de devolverla.

Cada músculo de mi cuerpo se tensa. Eso no va a pasar por un demonio.

—¿Dónde?

—Se llevará a cabo en un local privado al sur de Los Ángeles. Es la misma red que usaron para subastar a la hija del embajador sueco que ayudé a rescatar. Tienes alrededor de una hora para ir por ella, Ethan, si no la perderás para siempre.

—Está bien. Gracias, Nathaniel.

—¿Necesitas que contacte a alguno de mis chicos en tu ciudad? Son buenos en este tipo de cosas.

—No —digo, enviándole un mensaje de texto a Josh para que venga por mí y traiga a mi equipo de limpieza para limpiar este desastre—, esto es personal. Lo haré solo.

—Me pondré en contacto contigo para cobrarme ese favor —se despide.

—Avísame si necesitas algo más —dice Vladimir antes de colgar la llamada.

—Más te vale resolver esto, Ethan. O la Bratva vendrá por todos —dice Dante, furioso.

No respondo y cuelgo. Ahora mismo solo me importa una cosa: Mila.

No sé con qué voy a encontrarme. Solo sé que cada minuto que pasa es uno en el que ella podría estar siendo observada, tocada o humillada. Y por mi culpa ya ha pasado por muchas de esas situaciones.

No importa cómo, pero voy a sacarla de ahí.

Si tengo que destruir un maldito edificio o matar a media ciudad, lo haré.

Mila

Despertar después de que te han drogado es como salir de un sueño lúgubre en cámara lenta.

Mis sentidos vuelven uno por uno. Primero, el zumbido en los oídos. Luego, el ardor en las muñecas. Por último, el aire espeso, cargado de perfume masculino y metal.

Abro los ojos.

Estoy en una sala iluminada de forma artificial. No hay ventanas. No hay relojes. Solo concreto, metal y una gran pared de cristal frente a mí. Estoy atada a una silla, con las muñecas aseguradas a los brazos de madera y los tobillos fijados al suelo con una cuerda que me roza la piel.

Mi primer instinto es gritar.

Pero me contengo.

Mi segundo instinto es llorar.

Tampoco lo hago.

Porque no les voy a dar el gusto.

La pared de cristal frente a mí parece un espejo oscuro, pero una voz robótica y masculina me confirma que estoy siendo observada.

—Señorita Drozdova —dicen a través de un altavoz escondido—. Bienvenida.

Mi garganta se cierra.

—¿Dónde estoy? ¿Quiénes son ustedes? —Mi voz suena más fuerte de lo que esperaba.

—Usted es el premio más codiciado, señorita. El trofeo más valioso del mercado clandestino de favores políticos.

—Mi padre no pagará por mí.

—No tiene que hacerlo. Pero hay muchos que sí pagarían solo por estar en deuda con él.

Me muerdo la lengua. Todo tiene sentido ahora. No buscan lastimarme. Me quieren usar. Como pieza de negociación. Como una maldita moneda de cambio.

—Solo estamos esperando la señal —dice la voz—. Disfrute el espectáculo.

Un ruido sordo llena la habitación y entonces el espejo oscuro se vuelve transparente.

Del otro lado, hay una sala con unos veinte hombres de traje, todos bebiendo *whisky* y sonriendo con arrogancia. Políticos, empresarios, mafiosos, narcotraficantes. Reconozco algunas caras por las noticias, otras solo por su aura repugnante. Pero todos me miran igual: como si fuera un objeto de lujo.

No una persona.

Un diamante en subasta.

Una de las luces se posa sobre mí. Alguien me ha maquillado mientras estaba inconsciente. Estoy usando un vestido claro, satinado, de corte recto. Mi cabello está suelto. No hay sangre en mi cuerpo, solo unos raspones leves en mis brazos, lo suficiente para recordarme que todo esto es real. Volví a ser secuestrada.

—Damas y caballeros —dice un hombre al centro, calvo, con voz de vendedor de arte—. Presentamos a Mila Drozdova. Veintidós años. Modelo rusa. Única hija del Sergei Drozdov, la mano derecha del Pakhan ruso. Aquel que tenga el placer de adquirirla esta noche... tendrá la atención de uno de los hombres más peligrosos de Europa del Este.

Mi estómago se revuelve.

Quiero correr, pero no puedo moverme de la silla. Intento mantener un gesto neutral. No voy a romperme. No aquí.

—¿Quién quiere hacer la primera oferta?

Un hombre alza la copa.

—Cincuenta mil.

—Cien mil —responde otro, rápido.

—Doscientos.

—Medio millón.

La cifra escala como si fuera una carrera. Y cada vez que alguien alza la voz, me siento más desnuda. Más vendida. Más lejana de la vida que alguna vez tuve. Me aferro al borde del asiento, tragando mi orgullo y mi terror.

—¿Un millón? —pregunta el presentador.

La sala calla por un momento.

Y entonces, desde la parte trasera, una voz rompe el aire.

—Un millón.

La voz es seca. Grave. Inconfundible.

Miro hacia el fondo.

Y ahí está.

Mi bestia.

Con un traje negro, sin corbata. El rostro impenetrable. La mirada afilada. Está rodeado de sombras, y aun así, todos se giran hacia él con respeto. O con miedo. O ambas cosas.

—¿Nombre del postor? —pregunta el presentador con la mirada reluciente.

—O'Connor —responde con una leve sonrisa.

Un susurro recorre la sala. Lo reconocen. No como empresario, sino como leyenda. Como amenaza.

Como el monstruo que duerme bajo las camas de los criminales de la Costa Oeste.

—El señor O'Connor ofrece un millón. ¿Quién da más?

—Un millón doscientos —gruñe uno de los otros.

Ethan alza la barbilla. Lo mira. No dice nada. Solo sonríe.

—Dos millones —ofrece él, sin vacilar.

Los murmullos suben de tono. El presentador suda. El otro postor entrecierra los ojos en dirección de Ethan.

—Seis millones —dice, casi escupiendo las palabras.

Ethan no pestañea.

—Diez jodidos millones —dice con calma mortal.

El silencio es absoluto. Nadie se atreve a igualarlo. El otro postor aprieta los labios y toma asiento, pareciendo furioso.

El presentador lo ve, casi temblando de emoción.

—¿Alguien más?

Nadie se mueve.

—Diez millones a la una...

Respiro agitada. Mis manos tiemblan. Siento mis labios temblar. No sé si es por miedo o por otra cosa.

—Diez millones a las dos...

La mirada de Ethan se encuentra con la mía. Y ahí está.

El fuego. La furia. El alivio.

—¡Vendida! —dice el presentador—. La señorita Drozdova es del señor O'Connor.

Ethan no desvía la mirada.

Y con voz baja, en un ruso que eriza cada centímetro de mi piel, dice:

—*Ona uzhé byla moyéy*[1].

DOCE
Mila

No recuerdo en qué momento exacto me dormí en el trayecto de regreso. Solo sé que, al abrir los ojos, la ciudad ya no brilla: parpadea. Las luces de Los Ángeles se desdibujan a través del cristal como si yo estuviera mirando el mundo desde lejos. Como si mi cuerpo aún no hubiera regresado del todo.

Ethan no ha pronunciado palabra desde que me sacó de aquel lugar.

El silencio en el coche no es incómodo... es tenso, como si fuera la calma antes de la tormenta. Como si estuviéramos los dos a punto de estallar, pero sin saber si será con palabras, con gritos o con otra cosa.

Cuando llegamos al *penthouse*, él me abre la puerta sin un gesto más. No me toca. No intenta guiarme. Solo camina por delante y yo lo sigo, como si mis piernas lo buscaran por inercia.

Me quito los zapatos en la entrada. Él va hacia la cocina, saca dos botellas de agua y me ofrece una. Nuestras manos se rozan cuando la tomo. Ese simple contacto hace que todo mi cuerpo se tense, como si algo dentro de mí despertara de golpe.

—¿Tienes hambre? —pregunta con la voz más baja de lo habitual.

Asiento. No porque tenga hambre en realidad, sino porque necesito sentir algo... cotidiano.

Cenamos en la barra de la cocina. Algo simple, que probablemente ya estaba preparado. Apenas como, pero cada gesto de normalidad me pesa. Como si mi cuerpo no pudiera procesar la idea de estar a salvo... aunque lo esté.

Cuando él se levanta a recoger los platos, me le quedo mirando. Tiene las mangas arremangadas, los antebrazos marcados, la tensión en la espalda. Es un hombre acostumbrado al control. Y, sin embargo, esta noche parece más vulnerable que nunca.

—Gracias —murmuro.

Él se gira. Me mira con esos ojos oscuros que no me dejan escapar.

—¿Por qué?

—Por ir por mí.

Un músculo en su mandíbula se tensa. No responde al instante.

—No sabía si ibas a hacerlo —confieso, bajando la mirada.

—Siempre que lo necesites, iré por ti —responde. Y lo dice tan serio, tan rotundo, que algo dentro de mí se rompe un poco.

Me levanto despacio y me acerco. Cada paso es una decisión. Estoy temblando. No de miedo. De otra cosa.

—Solo por esta noche... —le digo casi en un susurro—. Olvidémoslo todo. No pensemos.

Ethan no se mueve. Pero sus ojos me siguen, me sostienen.

—Dilo —susurra con la voz ronca—. Si me quieres cerca, si quieres que te toque... Usa tus palabras.

El calor de su mirada eriza cada vello de mi piel. Una vez más, me permite elegir.

—Tócame.

Apenas esa palabra sale de mi boca, él se mueve. Su mano roza mi mejilla primero, luego baja por mi cuello, con lentitud, midiendo cada reacción. Cuando llega a mi cintura, se detiene. Me busca de nuevo con una pregunta en la mirada.

Asiento, pero él niega.

—Palabras, princesa.

—Sí —respondo, en esta ocasión, con la voz temblorosa por la anticipación.

Sus dedos entran por debajo de mi vestido, con paciencia. Lo desliza hacia arriba y lo deja caer al suelo. Su mirada recorre mi piel sin prisa. Como si estuviera memorizando cada línea.

—Eres una obra de arte.

No hay besos. No hay promesas. Solo anhelo y pasión.

Me guía hacia la encimera y, con un movimiento rápido, me levanta y sienta sobre esta. Mis piernas se abren un poco, apenas lo suficiente, y sus dedos suben por mi muslo como si cada centímetro fuera sagrado.

Mi respiración se acelera cuando su mano llega al centro de mí. Aún con la ropa interior puesta, me acaricia con la yema de los dedos. Es apenas un roce. El suficiente para hacerme jadear.

—Estás temblando —dice con voz rasposa.

—No te detengas —susurro.

Él obedece. Corre sin apuro la tela hacia un lado y me toca de forma directa. Mi espalda se curva, un jadeo se escapa de mis labios, y sus ojos no se apartan de mí ni un segundo. Sus dedos me exploran, suaves, pacientes... hasta que encuentra el ritmo, el lugar exacto donde me hace pedazos.

Mis manos se aferran a su brazo, mientras que sus dedos bombean en mi interior. Cada roce y caricia es la cosa más exquisita que he sentido. Sus párpados caen, así que lo tomo de la mejilla y lo obligo a mirarme a los ojos.

—No mires... —susurro, perdida entre el placer y la vergüenza.

Mi vientre se tensa, se complace al ver el deseo brillando en sus ojos. Me dedica una sonrisa ladina.

—No voy a dejar de mirarte.

Y no lo hace.

Me observa mientras mis piernas tiemblan, mientras un gemido se convierte en un grito contenido. Cuando el orgasmo me alcanza, lo hace como una ola violenta que me ahoga y me limpia al mismo tiempo. Me dejo ir. Porque por primera vez... me siento completamente libre.

Cuando recupero el aliento, él me carga en silencio y me lleva a su habitación. Me quita la ropa interior y se va al baño; regresa a los pocos minutos con una toalla en las manos y me limpia en absoluto silencio.

Y yo tampoco digo nada.

Cuando me arropa y ordena que descanse, no lo detengo. Porque ahora, sola en la oscuridad, puedo asimilar las últimas horas y darme cuenta de cómo todo está cambiando con rapidez, y no sé qué hacer el respecto.

Solo sé que esta noche ambos cruzamos un límite.

Ethan

Ella duerme.

O finge dormir.

No la culpo.

Yo tampoco sabría cómo actuar después de lo que pasó en la cocina. No fue sexo. Pero fue más íntimo que muchas de las cosas que he hecho en mi vida. Ella se abrió para mí. Me dejó tocarla. Me miró como si estuviera eligiéndome.

Y eso es jodidamente más complicado de manejar.

«¿Y ahora qué? ¿La reclamamos de una vez por todas?».

Camino hacia la oficina. Es el único lugar donde puedo pensar sin sentir que pierdo el control.

Marco el número de Nathaniel. Me contesta al primer timbre.

—A este paso, me deberás un millón de favores.

Ignoro su comentario.

—Quiero el nombre del que organizó la subasta.

—Lo tengo —responde sin rodeos—. Se llama Lion Harlan.

Ese nombre me es familiar. Es un traficante de información y organiza las subastas de élite en el mundo criminal.

La ira estalla en mi interior. Voy a matarlo.

«Voy a disfrutar matándolo».

—¿Dónde está?

—Se mueve constantemente. Tengo a Ilya siguiéndole la pista, sabía que querrías ir por él. Ya triangulamos sus rutas. Se esconde en una propiedad en Santa Ana. Usan vigilancia privada y un sistema híbrido, que combina métodos rusos y latinos.

—Envíalo.

—¿Vivo?

—Sí. Quiero que esté aquí para mañana.

—Considéralo hecho.

Cuelgo y dejo escapar un suspiro, pero apenas tengo tiempo de asimilarlo todo: suena el teléfono y entra una llamada.

—O'Connor.

—Sabía que contestarías —responde la voz profunda y helada de Sergei Drozdov.

No digo nada. Espero.

—Vi el video de la subasta. Uno de los míos estaba infiltrado.

—¿Y?

—Pagaste diez millones por ella.

Aprieto los puños.

—Lo hice para protegerla.

—Entonces hazlo bien.

Silencio.

—¿Qué significa eso?

—Cásate con ella.

La frase cae como un golpe directo al pecho.

—¿Qué carajos dices?

—¿Quieres protegerla o no?

—No necesito casarme con ella para eso.

—Sí, Ethan, sí lo necesitas —dice con una calma peligrosa—. Si no lo haces, la Bratva nunca cederá. Siempre verán a Mila como un rehén en tierra enemiga. Si es tu esposa, si lleva tu apellido... entonces se convierte en parte de ti.

Esa sería otra jaula para ella, y no quiero que comience a verme de nuevo como un enemigo.

—¿Y si ella no quiere?

—Entonces no lo hagas. Pero si no se lo propones, algún día alguien te la arrebatará. Hay demasiadas personas queriendo ponerle las manos encima en este momento.

—¿Qué ha cambiado? ¿Por qué quieres que me case con ella?

—Estoy tratando de hacer lo que nunca pude: protegerla. Algo me dice que la cuidarás como siempre debí hacerlo. Ella se lo merece.

No respondo, y en su lugar cuelgo. Son demasiadas cosas en las que pensar.

«Oíste, podría quedarse con nosotros. No tenemos que renunciar a ella».

—El único permiso que importa es el de ella. Y no será nuestra, al final se pertenece a sí misma —susurro, sintiéndome agotado.

Cuando regreso a mi habitación, la encuentro en completo silencio. La luz de la luna entra por los ventanales. Mila duerme de lado, abrazada a una de las almohadas, su rostro se ve relajado, por primera vez en días.

Y al verla así... algo dentro de mí se remueve.

No es deseo.

Es algo más profundo. Más jodido.

Es el miedo de perderla otra vez.

Camino hasta la cama. Me siento al borde. La miro como un hombre que observa lo único bueno que le queda en un mundo podrido.

«Podrías hacer que nunca más le falte nada».

Sí, podría darle todo lo que ella quisiera, pero al final, será su decisión.

TRECE

Ethan

El silencio en el sótano es áspero, casi denso, y huele a miedo. Hace unos quince minutos Nathaniel me avisó que uno de sus chicos había llegado con Lion Harlan, por lo que le avisé a mis hombres que lo dejaran pasar al sótano.

Lion está atado a la silla de acero en el centro de la habitación. Las luces blancas lo exponen como a un animal en una carnicería. Su cabeza cuelga hacia adelante sin fuerzas y el sudor corre por sus sienes. Los chicos de Nathaniel eran muy eficientes en su trabajo.

—Buenos días, Lion —digo cerrando la puerta metálica detrás de mí. La habitación está insonorizada, por lo que nadie podrá escucharlo gritar.

Se estremece al oír mi tono amable. Eso es bueno, aún recuerda la razón por la que soy capo.

«Pero tal vez necesita que se lo refresquen. Que comience el espectáculo».

Las palabras están acompañadas de anticipación y emoción. Casi puedo verlo relamiéndose los labios.

Camino alrededor de la silla sin prisa, disfrutando del temblor de su cuerpo.

—¿Sabes qué es lo que más me molesta de esto?

Levanta la cabeza, tal vez en un último acto de valentía. Me agacho frente a él y le sostengo la mandíbula para impedir que pueda apartar la mirada mientras hablo.

—Que me lo ocultaste.

Al estar en mi ciudad, todo lo que hace tiene que reportarlo, pero hace unas semanas dejó de hacerlo. Esa debió ser suficiente señal para darme cuenta de que las cosas irían por mal camino con él.

—Señor... yo... yo no...

No lo ve venir. El golpe resuena en la pequeña habitación, no tenía como objetivo herirlo, sino callar la mentira que iba a decir. Todos en esta ciudad trabajan para mí, así que el que decidiera trabajar para alguien más dice mucho de su lealtad. Sin embargo, este tipo de comportamientos siempre es probable que sucedan, el hombre nunca está conforme con lo que tiene. Siempre quiere más.

—Ya es demasiado tarde para las excusas, Lion —digo en voz baja—. Quiero toda la verdad.

Me enderezo y saco del cajón del escritorio un pequeño estuche de cuero negro que siempre mantengo aquí. Lo abro sobre el mueble metálico y el sonido de las herramientas chocando entre sí llena el espacio: pinzas, bisturís, tijeras y una aguja que contiene epinefrina por si necesito mantenerlo consciente más tiempo.

El color abandona el rostro de Lion.

—¿Sabes que es todo esto? —No responde, así que lo ayudo un poco—. Es la diferencia entre una muerte muy lenta y dolorosa y una muerte rápida. ¿Cuál de las dos deseas?

La voz en mi interior se ríe, casi infantilmente.

«Elige la aguja. Empieza despacio. Es lo que merece por lastimarla».

Saco una aguja larga, y esta brilla bajo la luz.

Me acerco y, con una precisión casi quirúrgica, la introduzco bajo la uña de su dedo meñique. Sus gritos no se hacen esperar y no puedo evitar regodearme en ellos.

—¿Quién te dijo dónde estábamos para que nos emboscaran?

—¡No lo sé!

Empujo un poco más la aguja, apenas unos milímetros, pero es suficiente para que su respiración se entrecorte.

—Creo que no me escuchaste bien, así que preguntaré de nuevo. ¿Quién te lo dijo?

—¡No sé su nombre! ¡Lo juro!

Su grito pone a vibrar la oscuridad en mi pecho cuando llevo la aguja más lejos, lo que deja su uña casi completamente desprendida de la carne. Siento como su cuerpo tiembla, incluso a través del acero de la silla.

—Una última oportunidad, Lion, y si no es la respuesta que quiero, puedes despedirte de tus dedos. —Sollozos son la única respuesta que obtengo—. ¿Quién quería que secuestraras a Mila para así subastarla?

—¡No lo sé! —exclama entre gimoteos—. ¡Por favor, señor! ¡Piedad!

Resoplo, molesto porque esté suplicando tan pronto.

—Solo estoy comenzando, Lion, así que sé un poco más hombre.

Fiel a mi palabra, tomo el bisturí y le corto el dedo meñique y lo dejo caer en el suelo. Los gritos solo demoran un segundo en llegar y me deleito con ellos. No estoy seguro de ser yo mismo en este instante, pero no me preocupa. En momentos como estos, necesito ser una bestia.

Tomo las pinzas y las acomodo en su dedo pulgar, de tal forma que con un solo tirón la uña se despegue del tejido.

—Su nombre, Lion.

Su mirada brillosa se encuentra con la mía. No sé lo que ve en mis ojos, pero es suficiente para aterrorizarlo más de lo que está.

—N-o... no sé su nombre. S-o... solo su-s iniciales. «L. C.».

Me enderezo y lo observo. Solo conozco a una persona con esas iniciales, y es imposible que sea él. Es una jugada sucia del hijo de puta más grande de la historia.

—¿Nada más? —Niega, con la respiración acelerada—. ¿Qué te prometieron si la subasta terminaba con éxito? ¿Protección?

—No. —Jadea—. Dinero.

Sonrío.

—¿Y creíste que vivirías lo suficiente como para gastarlo?

Dejo las pinzas y recupero el bisturí. Deslizo la hoja apenas lo suficiente como para cortarlo por la clavícula. La sangre brota enseguida de forma lenta. Pierdo la noción del tiempo, realizando un pequeño corte aquí y allá. Ningún corte es lo bastante profundo como para matarlo, pero sí para que sienta como la vida lo va a abandonando poco a poco.

La bestia en mi interior protesta cuando me detengo; quiere seguir. Clavar más profundo y romperlo por dentro, pero no estoy aquí para satisfacer todos sus impulsos.

—Te vas a quedar aquí y pensarás en las consecuencias de tu traición.

Me quito los guantes ensangrentados y los dejo caer a sus pies. Sin mirar atrás, apago la luz y dejo a Lion solo con sus fantasmas. De camino al *penthouse*, pienso en la información que obtuve. Levi nunca se involucraría con la mafia, pero solo hay una persona en el mundo que intentaría ponerme en contra de mi propio hermano.

Mila

El *penthouse* está en silencio, un silencio que de lejos es reconfortarme, y hace más pesados mis pensamientos. Aunque han pasado algunos días desde que Ethan me rescató de aquella subasta infernal, las emociones siguen revueltas en mi interior. Me levanto de la cama y camino hacia la ventana. Las luces de la ciudad destellan como si nada hubiera pasado, como si el mundo no se hubiera sacudido para mí esa noche.

Aún siento en la piel el eco de sus caricias, el peso de esa intimidad inesperada. Lo que pasó entre nosotros no fue frío ni mecánico. No fue un acto de dominio ni de obligación. Fue... vulnerabilidad. Me entregué en un momento de debilidad, de miedo, de alivio. No porque él me obligara, sino porque por primera vez desde que todo esto comenzó sentí que podía decidir. Que podía tomar algo solo para mí, aunque fuera temporal.

Pero ahora me cuestiono lo que eso significa. ¿Debo fingir que no pasó? ¿Debo preguntarle si para él fue diferente? No sé si quiero saber la respuesta. Tal vez es mejor mantener esta tregua silenciosa. Seguir con la nueva dinámica que hemos formado, en la que me permite moverme libremente, en la que incluso cenamos juntos de vez en cuando sin amenazas, sin máscaras.

No niego que me intriga esa otra versión suya, esa que aparece en los momentos críticos. Es peligrosa, oscura, pero también protectora. En esos instantes, siento que me observa como algo más que una prisionera o una pieza de intercambio. Esos momentos me confunden.

Hoy, Ethan propuso visitar a Ryan en la clínica. Me sorprendió que me lo preguntara en lugar de solo ordenarlo. Me arreglé con esmero. No porque quiera impresionarlo, sino porque quiero recordarme que sigo siendo yo. Mila Drozdova, una modelo profesional. Mañana viajaré a Nueva York para regresar, aunque por un breve momento, a ese mundo del que me arrancaron de forma brutal.

El ambiente en la clínica huele a desinfectante, como siempre, pero también a familiaridad. Ethan y yo caminamos en silencio hasta su habitación. Ryan está recostado, con el hombro vendado, pero vivo y consciente.

—Te ves como la mierda —le suelta Ethan sin rodeos.

La risa característica de Ryan llena la habitación.

—Aún no he muerto, ¿sabes? No era necesario el atuendo de luto —bromea, señalando la ropa oscura de Ethan.

—Me alegra verte bien, Ryan. En serio —digo, dándole un suave abrazo.

—Me alegra que tú también estés bien —responde, guiñándome un ojo—. Aunque me contaron lo que pasó. Subastas y persecuciones. Diez millones por ti. Eres oficialmente la modelo más cara que conozco.

—Soy la única modelo que conoces —río, sentándome a su lado.

Ethan se queda de pie, observando en silencio. Ryan y yo charlamos por un largo rato. Hablamos de Nueva York, del desfile, de lo emocionada que estoy por volver a caminar por una pasarela después de tanto caos. Hablamos de trivialidades y también de cosas serias. Y cuando me pregunta cómo me encuentro realmente, la felicidad en mi interior decae.

—Estoy... tratando de adaptarme —confieso, ignorando de forma deliberada el hecho de que Ethan está en la habitación—. No es fácil. Cada vez que cierro los ojos, me asaltan los recuerdos. Pero quiero intentarlo. Quiero sentir que sigo siendo yo misma.

Asiente y toma mi mano con suavidad.

—Eres fuerte, Mila. Ya me lo has demostrado. Solo no dejes que lo que pasó te defina.

Salimos de la clínica cuando el cielo comienza a cubrirse de nubes. Ethan me pregunta si me parece bien que hagamos otra parada antes de regresar a casa. Por un momento dudo, ya que, después del secuestro, estar fuera del piso me pone de los nervios, pero accedo, porque menciona que quiere presentarme a alguien.

La galería a la que me lleva es impresionante. Aún más que la anterior. Cada rincón está lleno de hermosas pinturas que provocan sentimientos que te dejan los nervios a flor de piel.

—Te daré un recorrido otro día —dice Ethan al ver que me detengo cada pocos pasos para admirar una pintura.

Me conduce hasta un despacho, donde un hombre de aspecto severo nos espera.

—¿Quién es él? —pregunto, manteniéndome alerta.

—Bentley, mi consejero —responde Ethan.

El hombre me mira con intensidad. Como si fuera un bicho raro el cual hay que estudiar, pero mantengo mi postura firme.

—Un gusto conocerla al fin, señorita Drozdova —dice, tendiéndome la mano. Dudo en estrechársela, pero lo hago.

—¿Qué está pasando, Ethan?

Me dedica una larga mirada, pero después deja salir un suspiro resignado.

—Tu padre me llamó hace dos días, ofreciéndome un trato —dice.

El miedo y la ira se arremolinan en mi interior, pero no lo ataco, como hubiera hecho antes. En su lugar, escucho lo que tiene que decir.

—¿Qué tipo de trato? —pregunto.

—Tu mano en matrimonio.

La habitación parece volverse más fría. El aire, más denso. Lo miro, intentando leer si aquello era un tipo de broma enferma. Pero no. Estaba hablando en serio.

—¿Y qué dijiste?

Si había aceptado, nunca se lo perdonaría, porque por segunda vez en la vida me estarían arrebatando la decisión de elegir con quién quería casarme.

—Aún nada. No he aceptado. Quería saber qué piensas tú primero.

Trago saliva, sintiendo como la felicidad, confusión y la esperanza crecen en mi interior. Parece que darle una segunda oportunidad a Ethan no fue un error.

—No estoy en contra del matrimonio, Ethan. Pero no quiero ser parte de un trato. Ya bastante lo he sido desde que nací. Si algún día me caso, quiero que sea por decisión propia. Porque lo elijo, no porque me ofrezcan como moneda de cambio.

Asiente, pero en lugar de dar por terminada la conversación, se acerca y acaricia mi rostro con delicadeza. La suavidad de su tacto me desarma y acelera los latidos de mi muy confundido corazón.

—Solo piénsalo, princesa. Mi promesa sigue en pie: podrás hacer lo que desees con tu vida, solo que ahora con mayor protección. Nadie nunca se atreverá a ir por ti si eres mi esposa.

¿Podría hacerlo? ¿Casarme con el hombre que me secuestró, pero que en estos últimos días me ha demostrado y dado más que cualquier otra persona? La respuesta no la tengo, pero no descarto la opción.

—Está bien, lo pensaré.

—Tómate el tiempo que necesites —dice simplemente.

—No puedes estar hablando en serio, Ethan —dice Bentley, que había permanecido en silencio hasta ahora—. Me has mantenido lejos desde que trajiste a esta mujer. ¿Y ahora quieres volverla parte de la familia?

Ethan le dedica una mirada dura.

—Te he mantenido lejos por otros motivos, y creo que lo sabes. —Entrecierra los ojos—. Y haré lo que considere mejor, no olvides que soy tu capo.

—Crees que soy el traidor.

La tensión aumenta en el aire, y como si Ethan lo percibiera, me cubre parcialmente con su cuerpo, por lo que ya no puedo verle el rostro.

—El hecho de que seas tú quien pronuncie las palabras en voz alta, me hace preguntarme si en verdad lo eres.

Bentley da un paso en nuestra dirección, acortando la distancia.

—Esa mujer te ha cegado, serás la ruina de nuestra familia.

Pronuncia las últimas palabras como si de una sentencia se tratara, lo que me deja un mal sabor en la boca. Nos rodea y sale del despacho, cerrando de un portazo.

—No puede cegar nada que ya he estado sospechando —susurra Ethan por lo bajo. Se da la vuelta y me mira—. ¿Estás bien?

La pregunta me causa gracia.

—Eso debería preguntártelo yo a ti. No sabía que estabas buscando a un traidor.

Asiente, se acomoda en el borde del escritorio y se pasa las manos por el cabello. Observo su rostro, parecía agotado, como si las últimas noches no hubiera logrado dormir.

—Así es como los rusos han estado llegando a mí. Alguien les ha estado pasando las ubicaciones de mis almacenes.

—¿Por qué no ir por el traidor desde un principio?

—Lo he estado haciendo desde hace tiempo, pero solo logro atrapar a sus ayudantes. Comencé a sospechar de Bentley desde hace un tiempo, por eso lo he mantenido lejos de ti. Si es él quien trabaja con el Pakhan ruso, podría usarte para su beneficio.

Asiento, tenía razón.

—¿Y por qué no lo confrontaste?

—Una acusación de traición es muy seria, y al no tener pruebas, es muy arriesgado. Ninguno de sus cómplices dice una palabra cuando los torturo, y Ryan trató de encontrar algo que ensuciara el nombre de Bentley, pero no encontró nada.

—¿Por qué crees que se aliaría con los rusos?

Me dedica una pequeña sonrisa, y entonces hace algo que me toma con la guardia baja, acomoda un mechón de cabello detrás de mi oreja.

—Esa, cariño, es una pregunta que me he hecho muchas veces. Y la respuesta es que no es él quien se vería beneficiado con mi caída.

Con su mano en mi mejilla, acorta la distancia entre nosotros. ¿Va a besarme? Maldición, ¿yo quiero que me bese? El latir acelerado de mi corazón parece indicar que sí, y como si eso no fuera suficiente, la tensión en mi vientre por la anticipación me hace recordar la forma en la que me hizo temblar y ver las estrellas con los dedos.

—¿Y quién saldría beneficiado? —pregunto en un susurro. Alternando la mirada entre sus ojos, que se han oscurecido, y sus labios.

—Mi padre.

La palabra me toma tan desprevenida como la rapidez con la que se aleja y, cogiéndome de la mano, nos saca de la oficina.

Estaba segura de que iba a besarme.

¿Y quién era su padre?

CATORCE
Mila

E l amanecer comienza a teñir de oro el cielo cuando me siento en la terraza de mi habitación, envuelta en una manta suave y con una taza de café caliente entre las manos. Zeus, el enorme perro que Ethan me asignó como guardián, yace a mi lado con la cabeza apoyada en mis pies descalzos. Su respiración acompasada me reconforta más de lo que quiero admitir.

Nunca pensé que podría encariñarme tanto con un animal que al principio me provocaba auténtico pánico. Pero desde el momento en que Ethan le ordenó protegerme, Zeus ha sido una presencia constante. Al principio fue molesto, luego tranquilizador, y ahora... indispensable. Me sigue a todas partes. Si me encierro en el baño, espera, paciente, al otro lado de la puerta. Si me siento a comer, se acuesta a mi lado. Si lloro en silencio por las noches, simplemente está ahí. No me exige explicaciones, no me juzga, solo me acompaña.

—¿Sabes? —le digo en voz baja, acariciando la parte superior de su cabeza—. A veces desearía que pudieras responderme.

129

Él levanta la mirada y ladea un poco la cabeza, como si en realidad me entendiera.

—Ethan me pidió que considerara la propuesta de matrimonio. O bueno... más bien, me dio la libertad de elegir si quiero aceptarla o no.

El nudo en mi garganta regresa. Acaricio a Zeus detrás de la oreja mientras hablo.

—Él ha cambiado mucho, ¿sabes? Y me aseguró que podría hacer lo que quisiera con mi vida. A veces, creo que me gustaría odiarlo por haberme secuestrado, pero no quiero hacerlo. Me tomó tiempo verlo, pero hay un buen hombre en su interior. Gracias a él, ya no quiero huir cuando estás cerca.

Bajo la vista y observo cómo el vapor del café se disuelve en el aire frío de la mañana.

—De verdad creo que un matrimonio entre nosotros podría resultar, pero tengo miedo.

Tomo aire lentamente.

—¿Y si me enamoro de él, Zeus? ¿Qué pasa si... si me entrego de verdad? Esta historia no comenzó bien, fue una pesadilla, y no quiero ser tan ingenua de pensar que el amor lo arregla todo. Pero tampoco puedo negar que hay algo... algo que me hace querer quedarme.

Zeus gime con suavidad y me empuja la pierna con la nariz, como si intentara animarme. Sonrío y dejo que las lágrimas que no sabía que estaban ahí rueden sin prisa por mis mejillas.

—Si digo que sí, ¿estaré renunciando a la Mila que fui? ¿O estaré convirtiéndome en una nueva versión de mí misma?

Guardo silencio un rato más. El sol comienza a asomar de forma tímida entre los edificios. En un par de horas estaré en Nueva York, desfilando frente a un montón de cámaras.

—Quiero flores blancas —susurro, más para mí que para él—. Un vestido sencillo, nada de esos pomposos. Y unos hermosos tacones. No quiero joyas ni una gran ceremonia. Solo algo íntimo. Solo si algún día... llego a casarme.

Zeus me observa en silencio. Y yo sonrío, porque sé que no estoy tan sola como creía.

El espejo frente a mí refleja una versión pulida de quien soy. Mi rostro está impecable, los labios pintados en un rojo profundo que grita confianza. El vestido negro abraza cada curva como una promesa y la seda se desliza sobre mi piel como una caricia.

Aquí no soy hija de mafiosos, ni la posible prometida de un capo. Aquí, bajo las luces de Nueva York, solo soy Mila Drozdova. La mejor modelo rusa.

La música comienza. Las luces explotan en destellos. Camino hacia el centro de la pasarela y cada paso retumba con poder. La multitud, los *flashes*, las miradas... Todo desaparece. Solo existo yo, mi reflejo en cada lente y el latido acompasado de mi alma reclamando su lugar.

El vestido fluye conmigo como si fuéramos una sola entidad. El escenario me pertenece. Por unos minutos, tengo el control. Y eso, después de todo lo vivido, es libertad.

Pero entonces, lo siento. Esa energía que eriza mi piel. Que me atraviesa el alma como un rayo eléctrico. No necesito buscarlo. Sé que está ahí.

Ethan.

Ángel Caído

Ahí está. En medio de luces y música. De expectación y deseo.

La criatura más hermosa que jamás haya visto. No solo por su cuerpo, por su forma de moverse... sino por lo que irradia.

Poder. Confianza. Libertad.

Y lo odio. Odio la manera en que los hombres la observan. La forma en que murmuran su nombre entre dientes. Como si tuvieran derecho siquiera a imaginarla.

Quiero arrancarles los ojos. Rasgarles la garganta por atreverse. Porque Mila no les pertenece. Es mía. Mía en cada paso que da. Mía en cada mirada que lanza al horizonte. Mía, aunque aún no lo sepa.

Pero en este instante... también me doy cuenta de algo.

Ya no la veo como un diamante que quiero guardar en una vitrina. Ni como un trofeo que debo proteger. Ni como un objeto que me gané a la fuerza.

La veo... como algo más. Como alguien que desafía mi mundo, mi control, mi esencia.

Y por primera vez, siento miedo.

Porque si ella me rompe, no sé si podré volver a unir las piezas.

Mila

Detrás del telón, el temblor en mis dedos aún no desaparece. No por inseguridad. Es la adrenalina. La emoción. El regreso.

Pero entonces, lo veo.

Ethan.

Apoyado contra una columna. Con un traje oscuro, perfectamente entallado..., y un ramo de rosas rojas.

Mi corazón se detiene.

Las rosas. El rojo. Las notas. Las amenazas.

Todo regresa como un golpe en el pecho.

Retrocedo. El aire se vuelve espeso. Todo se desvanece.

—Mila —dice, preocupado—. ¿Estás bien?

—No... no las traigas. Por favor. —Mi voz es apenas un susurro—. No soporto las rosas. Él... me las enviaba. Siempre. Después de cada desfile. No puedo verlas sin... sin recordar.

El gesto en su rostro cambia. No a molestia. A comprensión. Deja el ramo a un lado, sin acercarse más. Me da espacio. Respeto. Y eso me sacude aún más.

—Lo siento —dice con suavidad—. No lo sabía. Solo quería hacer algo bueno por ti.

Lo miro, temblando aún. Sus ojos están llenos de arrepentimiento, lo que le da un aspecto vulnerable, y mi corazón se enternece.

—Hoy... te vi en la pasarela y entendí por qué todos hablan de ti. Nunca lo comprendí del todo. Hasta ahora. —Sus palabras salen casi con asombro—. Brillabas. Como si estuvieras hecha de luz.

Mis labios tiemblan.

—Si decides aceptar... juro que haré todo lo que esté en mis manos para ser un buen esposo, Mila.

Cada palabra va directo a mi corazón, y sé que estoy condenada.

QUINCE

Mila

El amanecer se cuela lentamente entre las cortinas de mi habitación. La luz dorada pinta sombras largas sobre el suelo de mármol, pero no es la luz lo que me despierta. Es el pensamiento persistente, la idea que me ha estado rondando desde hace días y que hoy, al fin, no quiero seguir esquivando.

No he hablado con Ethan sobre su propuesta desde que volvimos de Nueva York. Él tampoco la ha mencionado. Y, sin embargo... algo ha cambiado entre nosotros.

No fue solo el silencio respetuoso o la falta de presiones. Fue algo más. Han sido los gestos. La forma en que a veces me acomoda el cabello detrás de la oreja, como si quisiera memorizar cada detalle de mi rostro. La forma en que me observa cuando cree que no lo veo, como si luchara por encontrar palabras que aún no puede decir. La manera en que su mirada se suaviza cuando paso cerca, como si ver que sigo aquí le diera un alivio que no puede explicar.

Nos hemos envuelto en una rutina silenciosa pero cómoda. Compartimos desayunos ocasionales, pasamos horas sin hablarnos en la misma habitación, pero sin incomodidad. Hay tensión, sí. A veces es eléctrica, y cuando nuestras miradas se cruzan, hay algo. Una chispa. Un calor que no puedo negar o ignorar. Ya hemos cruzado la línea una vez... y ambos lo sabemos. No podemos fingir que entre nosotros no existe algo más que un acuerdo.

Y tal vez sea esa tensión, esa cercanía inesperada, lo que me hace cuestionarlo todo. Porque aunque sé que Ethan me secuestró, que me arrebató de mi mundo, esa versión de la historia empieza a desdibujarse. No puedo evitar preguntarme si... ¿Podría llegar a enamorarme de él?

Me levanto de la cama con una decisión en mente, me visto con ropa sencilla y camino por el pasillo silencioso. Me detengo frente a su puerta. Hay una punzada de nervios en mi pecho. No por miedo. Es otra cosa. Algo que duele distinto. Que pesa más.

Toco suavemente.

Escucho movimiento al otro lado. Cuando la puerta se abre, Ethan está allí, descalzo, con el cabello alborotado y una camiseta que deja al descubierto sus tatuajes. Se ve desorientado, pero al instante sus ojos se enfocan en mí.

—¿Mila? —murmura con voz ronca por el sueño. Su expresión se suaviza de inmediato—. ¿Estás bien?

—Necesito hablar contigo —digo, tragando saliva—. ¿Podemos ir a la sala?

Asiente.

Caminamos juntos, en silencio, hasta el sofá y tomo asiento. Él se queda de pie un segundo, observándome, antes de sentarse también.

No sé por dónde empezar. Así que respiro hondo.

—He estado pensando —comienzo, sin mirarlo directamente—. Sobre lo que dijiste. Sobre la propuesta. Al principio estaba muy dudosa, pero con el paso de los días... todo ha cambiado.

Siento sus ojos puestos en mí. Puedo sentir cómo mi corazón se acelera.

—Hay algo entre nosotros, Ethan. No sé qué es. No sé si algún día llegaré a amarte, pero lo que sí sé... es que contigo me siento segura. Y eso, viniendo de donde vengo, significa mucho.

Levanto la vista, y nuestros ojos se encuentran.

—Así que acepto —digo con voz firme, aunque mi corazón da un vuelco—. Me casaré contigo, pero hay condiciones.

Él se inclina un poco, con los ojos fijos en los míos.

—Dime cuáles son —responde en voz baja.

—Quiero comenzar mi propia línea de ropa. Es un sueño que tengo desde hace años, pero nunca tuve el valor de concretarlo. Mi padre... él jamás me habría dejado. Para él, una princesa de la mafia no debía trabajar. Mucho menos vestir a otros. Pero yo quiero algo mío. Algo que nadie pueda arrebatarme ni usar en mi contra.

—Lo tendrás —susurra antes de que pueda seguir.

—Y lo segundo... —digo, esbozando una sonrisa—: vas a renovar tu guardarropa. Si vas a ser el esposo de una modelo reconocida internacionalmente, no puedes ir por ahí con trajes aburridos.

Él parpadea... y luego suelta una carcajada. Una risa cálida, sincera y contagiosa. Me permito admitir que me gusta escucharlo reír.

—¿Eso es todo? —pregunta con una sonrisa de medio lado—. ¿Nada más?

—Por ahora —digo, inclinándome hacia atrás.

Y entonces, sucedió algo que no esperaba.

Se inclina hacia mí y me acaricia con suavidad la mejilla con el dorso de la mano, como si fuera de cristal... Y luego, con una dulzura que no le conocía, deposita un beso en mi mejilla.

Su contacto, cálido y firme, incendia cada rincón de mi cuerpo. El corazón me golpea en el pecho con fuerza, traicionando cualquier intención de mantenerme indiferente. Su cercanía, su olor, la forma en que pronuncia mi nombre... todo me desarma.

—Gracias por confiar en mí —murmura junto a mi oído—. Te prometo que haré todo lo posible por mejorar. Por ser el hombre que mereces. Haré que esto funcione... incluso si tengo que reinventarme por ti.

No digo nada. No porque no tenga qué decir, sino porque por primera vez hay alguien dispuesto a luchar por mí.

Luego de nuestra conversación por la mañana, Ethan me pidió que me alistara. Dijo que teníamos que salir, que había preparado una sorpresa desde hace días... una que había estado esperando poder darme si decía que sí.

No quiso darme más detalles, pero lo vi más ligero, incluso ilusionado. Es una faceta suya que rara vez muestra, y no pude evitar sonreír mientras me vestía.

Cuando el coche se detiene frente a la joyería, me toma un segundo entender a dónde hemos llegado.

Desde fuera, el lugar luce discreto, casi anodino. Pero apenas cruzamos las puertas, me doy cuenta de que este sitio es todo menos ordinario. El aire huele a gardenias, y las vitrinas —iluminadas con una luz cálida y suave— están llenas de piezas únicas. La luz rebota en los diamantes y las gemas con una elegancia hipnotizante.

Todo aquí brilla y grita lujo. Historia. Promesas selladas en oro.

—Este lugar es... impresionante —susurro.

—Lo sé —dice Ethan, guiándome hacia una sala privada, con la euforia saliendo de sus poros—. Quería algo especial. Algo que estuviera a tu altura.

Cuando entramos, ya hay una mujer esperándonos. Lleva un conjunto marfil sin una sola arruga y el cabello recogido en un moño bajo perfecto. Su sonrisa profesional no tambalea ni un poco al vernos.

—Señorita Drozdova, bienvenida —dice con una leve inclinación—. Señor O'Connor, todo está preparado como solicitó.

—Gracias, Rose —responde Ethan con voz grave y tranquila. Luego me mira—. Compré los doce anillos más exclusivos de la casa Liora & Halden. Tienen listas de espera de meses... pero no estaba dispuesto a esperar. Quería que estuvieran disponibles para ti.

Mis ojos se abren ligeramente mientras observo el estuche desplegado frente a nosotros. Hay doce anillos, cada uno más imponente que el anterior. Algunos parecen inspirados en la realeza europea, otros en joyas antiguas del Medio Oriente. Ninguno es común.

—¿Y si hubiera dicho que no? —pregunto con una sonrisa juguetona mientras paso los dedos cerca de las piedras relucientes. Son hermosos—. ¿Te habrías quedado con todos estos anillos?

Se encoge ligeramente de hombros, y veo la sombra de una sonrisa tocando sus labios.

—No me habría importado perder el dinero. Habría valido la pena de todos modos.

Me toma por sorpresa su respuesta. No lo dice con arrogancia ni dramatismo, sino con una sinceridad que desarma y, por un instante, el mundo parece detenerse.

Ethan se acerca y baja un poco el tono de voz, como si quisiera que solo yo lo escuchara.

—Pero si ninguno te gusta —murmura—, solo dime el diseño que tienes en mente. O los estilos que prefieres. Haré que lo fabriquen desde cero para ti... o lo buscaré en cualquier joyería del universo. Lo único que quiero es que lo ames.

Hay un brillo en sus ojos que no está ahí por costumbre. Está ahí por mí.

—Gracias —susurro. Luego sonrío, intentando aligerar el

ambiente—. Pero esperemos que no tengas que buscar en Saturno. Sería complicado por culpa de los anillos de gravedad.

Él suelta una risa suave, y por un momento el lujo, el peso del compromiso, la presión de todo, se disuelven.

Solo somos dos personas a punto de unir sus vidas hasta que la muerte nos separe.

Mis dedos acarician el borde de uno de los anillos. La piedra central es un diamante en forma de lágrima, montado sobre un aro fino de oro blanco, con pequeños diamantes alrededor. Es elegante y delicado.

—Ese —digo sin dudar—. Este es el que quiero.

Ethan lo toma con cuidado y, con una dulzura que no me esperaba, se arrodilla frente a mí. No como una propuesta. No como un acto teatral. Sino como una rendición silenciosa a este momento.

Me toma la mano, tiene los ojos fijos en los míos.

—¿Puedo?

Asiento, que es apenas un gesto con la cabeza.

Desliza el anillo por mi dedo anular. Encaja a la perfección. El metal está frío al principio, pero pronto se calienta con mi piel, como si ya supiera que pertenecerá ahí por mucho tiempo.

—Es perfecto, princesa —susurra.

Y hay algo en su voz que me estremece más que el oro o los diamantes. Es la promesa no dicha. El deseo de hacerlo bien. De ser algo más que el hombre que me arrebató. De convertirse en el hombre con el que pueda, quizá, empezar a construir algo.

El cielo ha comenzado a teñirse de tonos naranja y dorado cuando el coche se detiene frente al edificio. No puedo evitar mirar mi mano una vez más. El anillo brilla con una elegancia silenciosa, reflejando la luz del atardecer como si celebrara mi decisión.

Entramos en silencio, aún envueltos en la serenidad que dejó la joyería. Y justo cuando la puerta se cierra tras nosotros, el ascensor emite un ding suave.

—¿Esperas a alguien? —pregunto en voz baja, mirando a Ethan.

Él niega apenas, con una ligera curva en los labios.

Las puertas se abren y, para mi sorpresa, Ryan aparece con una pequeña maleta en una mano, gafas de sol sobre la cabeza y una chaqueta de cuero que parece nueva.

—¡Qué hay, jefe! —saluda con su típica energía. Sus ojos van directo al anillo en mi mano y levanta las cejas—. Vaya. Creo que me perdí un par de capítulos.

—Ryan —digo con una sonrisa, acercándome a él para un abrazo que acepta con un fuerte palmoteo en mi espalda—. Te ves mucho mejor.

—Gracias. La clínica ayudó, pero me alegra estar de vuelta. Estar encerrado entre cuatro paredes blancas y comida insípida me estaba volviendo loco. Extrañaba el caos de este lugar. —Mira a Ethan y luego de nuevo a mí—. ¿Y entonces...?

Levanto la mano, mostrando el anillo con una pequeña sonrisa.

—Nos casamos.

Ryan silba.

—Mierda. Pensé que lo estaba soñando. ¿Esto es real? ¿Ustedes dos, juntos?

Ethan cruza los brazos con una expresión tranquila.

—Sergei me ofreció un trato: la mano de Mila en matrimonio para que la Bratva y todos lo que venían por ella la dejaran en paz —explica con tono neutral—. Así obtiene lo que necesita; libertad y protección.

—¿Protección? —Ryan alza una ceja.

—Solo así puedo hacer lo que guste —digo—. Lo pensé mucho. Pero me di cuenta de que... no se siente como una jaula. Al contrario. Es lo más cerca que he estado de la libertad desde que tengo memoria.

Ryan nos observa a ambos en silencio durante unos segundos. Luego asiente.

—Bueno, me alegra ver que al menos ya no se quieren matar mutuamente. Eso es progreso.

Ethan y yo intercambiamos una mirada. No hay ironía esta vez, ni hostilidad. Solo una chispa sutil, íntima.

Una complicidad construida en pequeños gestos: como la forma en que me acarició la mejilla esta mañana... o ese beso suave en la comisura que aún me arde bajo la piel.

Nos hemos tolerado, sí. Pero también hemos hecho mucho más que eso, y el recuerdo hace que mi cuerpo hormiguee por querer sentir sus manos sobre mí otra vez.

Ethan

La noche cae como una sombra silenciosa sobre la ciudad.

Mila se ha retirado a su habitación y Ryan, después de ponerse al día con media botella de *whisky* y muchas preguntas que esquivé con sonrisas vagas, también ha desaparecido por el pasillo. El *penthouse* está en calma.

Demasiado calmado.

Y yo... yo tengo asuntos pendientes.

Bajo al sótano con pasos firmes, con el peso de lo inevitable acompañándome como un viejo amigo. La puerta de acero se abre con su característico chirrido, y el olor es lo primero que me golpea: una mezcla penetrante de sangre seca, sudor agrio, vómito... y muerte inminente.

Lion sigue atado, aunque ya no parece un hombre.

Sus dedos son muñones envueltos en gasas sucias. La piel de su rostro está inflamada y amoratada; apenas puede abrir uno de los ojos. Se estremece cuando la luz lo alcanza. La habitación huele a rendición.

—¿Aún sigues vivo? —pregunto con voz baja, casi casual.

Se estremece. El simple sonido de mi voz le arranca un espasmo.

Camino despacio, rodeando la silla como un juez cansado del juicio. Llevo un guante puesto.

—Te di días para confesar. Te di la oportunidad de hablar. Pero tú decidiste el camino difícil.

Mi otra voz, la que siempre ha sido más cruel, gruñe satisfecho.

«Déjame terminar lo que empezamos».

—No fue por placer —respondo en voz alta—. Fue por Mila.

Lion no responde. Ya ni siquiera suplica. Está más allá del miedo. Lo único que queda en sus ojos es vacío. Y aun así...

—Tú ayudaste a ponerla en peligro. —Me acerco y me inclino frente a él—. Tú la entregaste a personas que habrían destrozado su alma sin mirarla dos veces.

Tomo la pistola con silenciador del estante metálico. No hay necesidad de hablar más.

Apunto directamente a su frente.

—Esto es por haber tocado a mi futura esposa.

Aprieto el gatillo.

El disparo es preciso.

El cuerpo cae hacia un lado, muerto antes de llegar al suelo. La sangre se esparce por el concreto con una lentitud casi poética. Apago la luz y cierro la puerta, dejando atrás al cadáver de un hombre que tuvo demasiadas oportunidades para hacer lo correcto.

Subo las escaleras en silencio. Algo dentro de mí se siente más ligero.

¿Te sientes satisfecho?

«Sí. Era necesario dejar en claro que todo aquel que se acerque a ella terminará muerto».

El que lleve mi apellido será suficiente advertencia para todo aquel que quiera tratar de lastimarla. Ahora solo quedaba llevar a cabo la boda y matar a mi padre.

DIECISÉIS

Mila

Tres semanas. Eso es lo que falta para la boda.

Y no puedo dormir. Tampoco puedo dejar de pensar en todo lo que conlleva este matrimonio. No solo es casarme con Ethan, sino vivir con él, desayunar con él, dormir bajo el mismo techo, y Dios, tal vez incluso en la misma cama. Aunque aún no hemos hablado sobre ese «detalle», el recuerdo de sus manos sobre mi cuerpo enciende cada una de mis terminaciones nerviosas.

Aprieto los puños sobre la tela de mi vestido. Estoy inquieta. Aunque no debería. Se supone que esto es un acuerdo que nos beneficia a ambos. Y, sin embargo, cada vez que Ethan me mira como si pudiera leer mis pensamientos, el aire se vuelve denso. Cargado de una tensión que siento que en algún momento me va a asfixiar.

También está Vittoria, la esposa de Dante De Santis, el capo de Italia. Ethan la puso en contacto conmigo la semana pasada. Su acento italiano y sus impecables modales contrastan con su sonrisa amable. Me gusta. Es elegante, pero sabe manejarse con hombres como Ethan. Se nota que ha sobrevivido guerras. Está dirigiendo la organización de la boda como si se tratara de una operación militar, y es fascinante. Ya eligieron el lugar, un viñedo exclusivo en Napa Valley. Habla de flores, menú y músicos con la eficiencia de un general. Y aunque a veces siento que me volveré loca, no puedo evitar sentir una chispa de felicidad.

Hoy no hay planes de boda. Al menos, no directos. Hoy tengo una misión: arreglar el desastre que es el armario de Ethan. Hace unos días me informó de que teníamos que asistir a una subasta de arte, y aunque la idea no me entusiasma demasiado, será nuestra primera aparición en público como una pareja. Así que será mejor que él no parezca recién salido de una película de acción.

Él conduciría y yo elegiría la ropa. Esperaba que ninguno muriera en el proceso, soy algo fastidiosa al salir de compras.

—¿Lista, princesa? —pregunta desde la entrada con una media sonrisa ladeada.

Lleva *jeans* oscuros y una camiseta negra que se ajusta demasiado bien. Mis ojos hacen un rápido recorrido por sus brazos marcados antes de recordar que tengo voz.

—Ajá —respondo, un tanto distraída por los tatuajes en sus brazos.

Durante el trayecto al centro comercial Rodeo Collection en Beverly Hills, un lugar exclusivo y lleno de *boutiques* de diseñadores, hay un silencio cómodo en el que me permito relajarme. Su cercanía, que antes me ponía de los nervios, ahora me hace sentir segura. Es un tanto irónico todo.

La primera tienda es de diseñadores italianos. Le entrego un par de camisas y pantalones, y lo empujo al probador. Literalmente.

—Esta ropa es ridícula. Acaba con todo mi estilo —protesta.

Pongo los ojos en blanco, sí, su estilo que grita «soy capo de la mafia» a una milla de distancia.

—Lo ridículo es que tengas chaquetas con agujeros de bala.

Sale cinco minutos después con una camisa blanca de lino y

pantalones entallados. Parece sacado de una sesión de fotos de una revista de moda. Sí, la misma que lo declaró hace poco como uno de los hombres más guapos y uno de los empresarios más exitosos del país. Por lo que me ha contado, su negocio de tapadera es la venta y exportación de joyas. Y aunque tiene buen gusto para las joyas y gemas, no lo tiene para la ropa. Todo lo que lleva siempre es negro o gris.

—Madre mía —murmuro sin querer.

—¿Eso es bueno o malo?

—Eso es... funcional. Te lo quedas.

Mi mirada se detiene por un momento en sus brazos tatuados, otra vez. Son condenadamente seductores.

Hay un brillo divertido en sus ojos. Lo veo medirse otros trajes, otras camisas, y por alguna razón, cada vez que se desabotona algo frente a mí, el aire parece desaparecer de mis pulmones.

Cuando pasamos por una *boutique* de vestidos, no puedo reprimir las ganas de entrar. Un vestido azul oscuro capta mi atención por completo y lo tomo. Cuando salgo del probador, puedo sentir la mirada de Ethan quemándome la piel.

—Eso lo vas a usar para mí.

Arqueo una ceja ante su tono posesivo.

—¿Y eso por qué?

—Como tu futuro esposo, es mi deber matar a todo aquel que te mire.

Su respuesta me hace reír entre dientes.

—¿Entonces no hay ningún otro motivo para querer matar a todo aquel que me mire? —digo en un intento de broma, pero el calor de su mirada me dice que no le hace gracia. Suspiro, aunque una parte dentro de mí está feliz con la idea de ponerlo celoso. Eso sería divertido. Entro al probador y me quito el vestido, cuando salgo, le palmeo el pecho—. Vamos, hombrezote, apenas estamos comenzando.

Mientras caminamos, las bolsas en sus brazos comienzan a

multiplicarse. El centro comercial se convierte en nuestra pasarela improvisada. En un momento, nos detenemos frente a una joyería. Veo un anillo de oro rosa con un diamante opalino y Ethan se da cuenta.

—¿Lo quieres?

—No. Solo es bonito. No todo lo bonito tiene que ser para mí.

Me mira como si quisiera contradecirme, pero no lo hace.

Pasamos al lado de una tienda de vestidos de novia y el recuerdo de haber estado en una de ellas hace un par de días murmurando frente al espejo las palabras «es solo una boda, tranquilízate», inunda mi mente. Pero por dentro hay una niña que alguna vez soñó con vestidos de novias y un romance salido de un cuento de hadas. Y aunque esto no lo es, al menos Vittoria me está ayudando a tener el vestido y boda de mis sueños. Ryan fue quien me acompañó a elegir mi vestido, y aunque terminó malhumorado por pasar tantas horas sentado viéndome probarme vestidos, pude ver su sonrisa cuando por fin lo elegí. También le hice jurar que no le diría nada a Ethan, quería que fuera una sorpresa. Cuando me vi con el vestido frente al espejo... me sentí hermosa y feliz como nunca antes.

Y lo único que deseé es que mi madre me estuviera viendo desde donde sea que esté.

Ethan

Nunca entendí la fascinación de las mujeres con las compras hasta hoy. No porque me importe la ropa. No. Me importa ella. Cómo se sonroja cuando la miro. Cómo trata de fingir que no le afecta cuando la elogio. Está acostumbrada a que la admiren en la pasarela, no a que la vean de verdad.

Mila brilla sin esfuerzo. Y me está costando demasiado ignorar ese maldito brillo.

La he mantenido al tanto sobre Bentley y mi padre, ya que quiero que sea consciente de la bomba que puede explotar en cualquier momento. Pero le agradezco que no haya mencionado el tema en todo el día, porque por primera vez no sé qué decir. Mi mano derecha desapareció en cuanto le dije que me casaba con ella. No responde llamadas ni mensajes. Y esa es toda la confirmación que necesito. Creí ciegamente en la lealtad de Bentley por años, pero ahora sé que siempre estuvo moviendo las piezas a su favor y el de mi padre.

Estamos de pie frente a un espejo, mientras, me describe qué tipo de tela es el traje que hizo probarme y con qué zapatos quedaría perfecto. De pronto, su rostro se llena de tristeza.

Y entonces, susurra:

—¿Recuerdas aquel vestido que me probé ese día en la *boutique*? —Asiento, cómo olvidarlo, lucía preciosa—. Bueno, hubo un tiempo en los que no pude usar vestidos como ese. — Mantiene la mirada fija en el espejo, como si estuviera perdida en los recuerdos, pero no la presiono para que siga. Si necesita soltarlo, le daré su tiempo, no me importa que estemos en un centro comercial. Ella tendrá el tiempo que necesite. Baja la mirada a su pierna izquierda, que está a la vista, ya que lleva un hermoso vestido que acentúa su figura—. Aquí solía haber una cicatriz. Mi padre tiene dos perros, ambos de raza *laika*, y un día me negué a recibirlo. A Kazimir Orlov, el sicario más respetado de Rusia. Así que, como castigo, les ordenó a los perros que me atacaran. —Cada músculo de mi cuerpo se tensa. Así que es él el que la hizo odiar las rosas y huir de los perros. La sed de sangre crece en mi interior; mataré a ese bastardo con mis propias manos.

—Fui en cuanto pude a un cirujano plástico para eliminar la cicatriz, mi carrera como modelo no iba a durar demasiado si la

148

mantenía. —Alza la mirada y se encuentra con la mía en el espejo
—. Por eso le tenía tanto miedo a Zeus.

Asiento, ahora comprendo de dónde vino ese temor. Me
alegra saber que estar cerca de Zeus la ha ayudado, incluso creo
que disfruta más de su compañía que de la mía.

—Nunca me golpeó en la cara —continúa—, siempre en el
cuerpo. Lugares donde no se notara con maquillaje. Para no
afectar «la mercancía».

—No eres mercancía —susurro, odiando que ese bastardo la
haya hecho verse de esa forma.

—Ahora lo sé —susurra de vuelta sin dejar de mirarme—. Mi
padre quería que me casara con él, pero me alegra que cambiara de
opinión.

Las palabras van directo a mi pecho y, mierda, lo único que
quiero es besarla. Pero nuestro primer beso no será en un centro
comercial. Será especial, porque ella lo merece todo.

—Y si vuelve a cambiar de opinión, no me importará ir a la
guerra contra toda la Bratva. No me alejarán de ti, princesa.

Regreso al probador y me quito el traje. Cuando salgo, Mila
tiene la mirada brillosa, así que la tomo de la mano y salimos de la
tienda.

Pasamos a una cafetería antes de volver. Ella pide té helado y
yo un café. No hablamos mucho, pero el silencio es fácil ahora.
Ligero. Y en todo momento mantengo mi mano entrelazada con
la suya.

—Gracias por lo de hoy —dice de repente.

—¿Por dejarme vestir como un modelo? —digo, con una
sonrisa.

Últimamente, parece que estoy sonriendo más.

—Por no actuar como un capo por unas horas

La miro. Hay algo en su voz que me detiene. Es suave. Sincera.
Me inclino hacia ella.

—No siempre soy uno. —Sonrío—. A veces soy solo un coleccionista de arte, un amigo o un prometido. En este último, soy nuevo.

Me dedica una pequeña sonrisa que casi parece tímida.

—Lo estás haciendo un poco bien.

—Solo un poco, ¿eh? —Asiente. Beso sus nudillos y luego su mejilla. Cuando su respiración cae sobre mis labios, mi corazón enloquece y la bestia en mi interior también—. Te prometo que lo haré mejor.

Lo único que recibo como respuesta es un intenso sonrojo que me recuerda la forma en que su cuerpo se ruboriza cuando está a punto de tener un orgasmo.

Parece que he caído en la más dulce de las torturas.

DIECISIETE

Ethan

Hace una semana nos fuimos de compras, y desde entonces la encuentro entre mis sueños. El recuerdo de cómo se veía en aquel vestido me acecha, al igual que la forma en que me miró cuando dije que iría a la guerra por ella. Quiero más de todo eso. Quiero sus ojos brillando por mí.

Así que decidí hacer algo al respecto.

Hoy la invito a una cita. Formal. A la antigua. Con coche esperándola, flores, y un vestido que yo mismo elegí. Pasé horas recorriendo catálogos, comparando cortes y telas hasta encontrar uno que pareciera hecho para ella. Elegante, clásico, pero con un escote lo suficientemente atrevido como para dejar a cualquiera sin aliento.

Le demostraré que tengo buen gusto en lo que en verdad me interesa.

Cuando la veo bajar las escaleras con el vestido azul oscuro, no puedo hablar. Me quedo sin aire, sin palabras. Solo puedo pensar en lo malditamente perfecta que se ve. Y en que me está permitiendo hacer esto. Tener esto. Tenerla a mi lado por el resto de nuestras vidas.

—Estás preciosa —logro decir.

—¿Eres tú diciendo algo bonito sin sarcasmo?

—No te acostumbres.

Pero sonríe y yo también.

La llevo a un restaurante que está por encima de las colinas de Hollywood. Vista panorámica de toda la ciudad, luces titilantes como si estuviéramos flotando en un cielo invertido. La mesera nos lleva a una mesa aislada, con velas y copas de cristal que reflejan el brillo de sus ojos.

Durante la cena, hablamos. De verdad hablamos. Me cuenta de su infancia en Moscú, de cómo se sintió como una extraña en su propia casa. Yo le hablo de mi madre, de mis primeros negocios, de la primera vez que tuve que pelear por mi vida.

No hay mentiras aquí. Solo historias que compartimos como si estuviéramos construyendo algo sobre los escombros.

Y luego, cuando la noche está lo bastante avanzada, la sorprendo.

—¿Te puedo preguntar algo más personal?

Asiente.

—¿Por qué tuviste un ataque de pánico el día que nos emboscaron en la galería?

Mila no me mira al principio. Solo baja la copa de vino y deja la servilleta sobre sus piernas con cuidado.

—Cuando tenía cinco años, mi mamá y yo pasamos por algo igual. Mi padre iba con el Pakhan en otro coche, pero pensaron que iba con nosotras. Antes de que cualquiera de los hombres del Pakhan pudiera reaccionar, dispararon una ametralladora contra nuestro vehículo. Mi madre me cubrió con su cuerpo.

Las lágrimas inundan sus ojos, y cuando una cae, la limpio rápidamente. Verla así rompe algo dentro de mí.

—Sentí como la vida abandonaba su cuerpo con cada respiración que daba, mientras, mi padre y sus hombres mataban a los atacantes. Cuando llegaron a nosotras, ella ya se había ido. Nunca olvidaré la mirada de mi padre cuando se dio cuenta de que había perdido al amor de su vida. —Una pequeña sonrisa tira de sus labios—. Su matrimonio fue arreglado, pero nunca vi a nadie amarse como ellos. Y cuando mi madre murió, una parte de mi padre también lo hizo. Me culpa por su muerte desde entonces, y tal vez, si yo no hubiera estado...

—Hey, no pienses así —susurro, interrumpiéndola. Tomo su rostro entre mis manos—. No es tu culpa. Solo eras una niña. Tu madre te protegió porque quiso, porque te amaba, y de seguro perderte le aterrorizaba más que la muerte. Es lo que cualquier padre haría por sus hijos, algo que tu padre nunca entendió.

Asiente. Deja caer el peso, parcialmente, de su cabeza sobre mi mano y cierra los ojos.

—Desde entonces, le tengo miedo al sonido de los disparos. Es por eso que tuve un ataque de pánico.

La atraigo a mi lado y la abrazo. Se funde entre mis brazos e inhalo su aroma.

—Haré lo posible para nunca más exponerte a los disparos.

La tomo de la barbilla y la miro a los ojos. Había dejado de llorar.

—Gracias por escucharme.

Niego.

—No hay nada que agradecer, siempre lo haré.

Su mirada se queda atrapada en la mía o la mía en la de ella, no importa, pero se siente como si todo a mi alrededor hubiera desaparecido. Como si toda la oscuridad en mi interior no existiera. Por primera vez, no siento que me estoy ahogando, por primera vez puedo respirar. Y puedo hacerlo gracias a ella.

Mi corazón da un salto, y aunque tengo miedo de lo que pueda significar, estoy dispuesto a aceptar todo lo que tenga que ver con Mila.

Una vez que terminamos el postre, paso a la segunda parte de la cita y la llevo a casa. No al *penthouse*, sino a la de mi madre.

Cuando llegamos, la ayudo a bajar del coche, pero en esta ocasión no le suelto la mano y caminamos juntos hacia la entrada. Mamá, como la buena anfitriona que siempre ha sido, nos abre la puerta antes de que podamos llamar.

Mi madre abraza a Mila como si de su hija se tratara. La imagen me hace sonreír. Mamá siempre quiso una hija.

Mila

Nunca había tenido una cita así. Con flores. Con alguien esperando pacientemente en el coche. Y con alguien que me mira como si yo no fuera un trofeo, sino una mujer que eligió estar aquí.

Ethan se está esforzando. Puedo verlo en sus ojos, en sus gestos. En su silencio cuando hablo, que no es indiferencia, sino respeto. Y eso... eso me rompe un poco.

La cena fue perfecta. El lugar, hermoso. Pero lo que más me tocó fue que quiso conocerme. Que preguntó. No para investigar. No para tener algo que usar contra mí. Sino porque quería entender.

Hablar de mi madre fue como abrir una vieja herida. Por primera vez pude decirle a alguien cómo murió y que a veces me siento culpable por su muerte. Sé que no lo soy, pero que alguien más te lo diga es un bálsamo para el alma.

La casa de su madre es distinta a todo lo que he conocido. Me siento acogida. Me siento... parte de algo.

La mujer que me recibe me abraza sin preguntar demasiado. Me ofrece té, me acomoda una manta sobre las piernas cuando nos sentamos a hablar en el porche mientras observamos las olas romper en la orilla. Y yo...

Yo me derrito por dentro. Porque nunca he tenido esto.

DIECIOCHO
Mila

Queda una semana para la boda.

Y por primera vez en mucho tiempo, estoy emocionada.

No por la ceremonia en sí. No por las miradas que tendré encima ni por la prensa que estará esperando una imagen perfecta. Sino porque, en algún nivel silencioso y casi imperceptible, he empezado a ver a Ethan como un amigo. Un compañero. Alguien que está dispuesto a luchar conmigo y no contra mí. Alguien que me escucha, que se queda incluso cuando me rompo un poco.

El lugar de la boda está simplemente precioso. Vittoria hizo un trabajo impecable. Cada detalle está cuidado con una precisión casi quirúrgica. Rosas blancas dispuestas como si hubieran sido colocadas a mano por un escultor. Cristalería italiana que refleja la luz como una cascada de estrellas. Una fuente central rodeada de luces cálidas y suaves. Me lo muestra con orgullo a través de una videollamada y admite, en voz baja, que me envidia un poco. «Tendrás la boda que muchas sueñan y pocas logran tener», me dice. Y por un instante, me lo creo. Me permito creer que todo saldrá bien. Que nadie interrumpirá con balas y granadas. Que tal vez, solo tal vez, este nuevo capítulo podría no terminar en tragedia.

Estoy en el *penthouse*, frente al espejo, terminando de arreglarme para la subasta de arte. Ethan se fue temprano, como siempre que hay un evento importante, pero no sin antes dejarme una nota con su letra firme y elegante:

«Te espero. Siempre supe que el rojo era tu color».

Miro el vestido sobre la cama. Vino tinto, con un corte sirena que abraza cada curva sin ser vulgar. Espalda descubierta. Escote en V. Es... atrevido. Poderoso. Como una declaración silenciosa de que soy mía. Y también, un poco, de él. Mientras me maquillo, siento algo en el pecho que no había sentido en mucho tiempo: ilusión. No por el evento. Por él.

Cuando bajo las escaleras, Ethan me está esperando al pie con una copa de vino en la mano. Me observa en silencio, sus ojos como carbón encendido. Sus labios se curvan apenas, pero sus ojos... sus ojos me devoran.

—Siempre supe que el rojo era tu color —dice, y su voz suena más ronca de lo normal.

—¿Sí? —pregunto sin poder borrar la sonrisa de mi rostro.

Asiente.

—Combina con tu espíritu luchador. Además... —Me recorre con la mirada y no puedo evitar sentirme inquieta—, te hace ver más *sexy* de lo que ya eres.

Mi rostro se calienta sin aviso alguno y aparto la mirada. Escucho su risa a mi espalda y no puedo evitar reírme también.

—Estás preciosa, Mila.

No respondo, pero mi corazón no es completamente inmune a sus palabras.

Me parece que este juego lo perdí hace mucho tiempo.

La subasta es en una galería privada, en una de las colinas más exclusivas de Beverly Hills. El lugar parece sacado de una película de espionaje: techos altos, columnas de mármol, cristales ahumados. Hay hombres con trajes de veinte mil dólares, mujeres con collares de esmeraldas que podrían alimentar a un pueblo por un mes, y guardias en cada esquina. Todo huele a dinero, secretos y poder.

Ethan es un fantasma cálido a mi lado. Presente, pero sin invadir. Me deja espacio. Me deja respirar. Me deja ver. Lo observo mientras intercambia miradas silenciosas con otros invitados. Está en su elemento. Frío. Calculador. Pero cuando se vuelve hacia mí, hay calidez. Algo más. Algo que no puedo nombrar.

Y es entonces cuando la veo.

Una pintura colgada en una pared apartada, lejos de la atención principal. No tiene placa ni precio. Es una mujer sentada en un trono de espinas. Su mirada es desafiante, pero su postura es de resignación. Como si supiera que pertenece a ese lugar, aunque lo odie. La expresión de sus ojos es casi un espejo de mi alma. Estoy hipnotizada.

—Te gusta —dice Ethan desde mi hombro.

Asiento.

—No está a la venta —agrega, tras leer mi expresión.

Llama a uno de los asistentes e intercambian palabras en voz baja.

—Esa pintura no forma parte de la subasta —le dice el chico, nervioso—. Es propiedad de un coleccionista privado.

—¿Nombre?

El chico duda. Ethan alza una ceja que no deja espacio para discutir.

—Foster Linch.

Ethan saca su teléfono.

—Llámale. Dile que estoy dispuesto a cederle esa escultura

azteca de obsidiana que ha querido desde hace dos años. A cambio de esto.

—No creo que...

—Dile que tiene una hora para decidir.

Y eso es todo. Ethan da la orden y el chico corre. Literalmente. Me quedo mirándolo, incrédula. No por la pintura. Por lo que acaba de hacer sin dudar, sin parpadear. Por mí.

Una hora después, mientras degustamos champaña y fingimos normalidad, el mismo chico se acerca con una sonrisa temblorosa.

—La pintura es suya, señor O'Connor.

Ethan asiente, sin expresar demasiado. Pero yo veo el brillo en sus ojos cuando me vuelve a mirar. Como si acabara de cazar una estrella por mí. Y yo... yo no tengo palabras. Solo gratitud. Y algo más.

Volvemos al *penthouse* en silencio, como si las palabras fueran innecesarias. Cuando entramos, la pintura ya está allí. Apoyada contra la pared del salón principal, iluminada por la luz tenue de los ventanales. Todo está en calma. Como si el tiempo se hubiese detenido.

Me acerco a ella como si fuera un tesoro, el más grande de todos.

—Es tu regalo de bodas —dice Ethan a mi espalda.

Me giro para verlo. Está más serio que nunca.

—Quiero que sepas que no lo hice solo por impresionarte. Lo hice porque en cuanto vi cómo la mirabas, supe que debía estar contigo. No es mi tipo de arte, pero sí es el tuyo. Y eso lo hace perfecto.

Camina hacia mí y me toma de ambas manos.

—Mila..., necesito decirte algo.

Trago saliva, su tono de voz es vulnerable, humano. Puedo ver en su mirada la grieta que hay ahora en su armadura, una grieta para que yo pueda ver más allá de todo aquello que aparenta para el mundo.

—Siento todo lo que te hice pasar. Desde el principio. El secuestro. Las amenazas. Lo que mi otra parte te hizo. Lo que yo permití. Sé que no hay excusa, pero por primera vez en mi vida siento la necesidad de disculparme con alguien. Contigo.

Mi pecho duele. No por el pasado, sino por lo que sus palabras están sanando.

—No soy bueno con esto. No soy un hombre fácil. No sé cómo ser suave y no me enseñaron a amar. Pero tú... tú has cambiado todo para mí. Me has mostrado una parte de mí que no conocía o que creía muerta. Y ahora quiero ser alguien mejor. No solo por ti. Por mí también. Porque me haces querer ser más. Ser digno de ti.

Y entonces ocurre.

Se arrodilla.

Ethan O'Connor, el hombre al que el mundo teme, se arrodilla frente a mí. Sus rodillas tocan la alfombra, y sus ojos, normalmente afilados, están llenos de una sinceridad que me desarma. Su corazón, por fin, expuesto.

—Nunca me he arrodillado ante nadie. Pero hoy, Mila Drozdova, lo hago por ti. Te pido perdón. Por todo. Y también te pido algo más...

Saca una pequeña caja de terciopelo de su bolsillo y la abre. Las lágrimas inundan mis ojos al ver el anillo que vi en el centro comercial, y que por un momento vi como el anillo perfecto, y aunque el que elegí es hermoso... Este es el anillo con el que toda niña piensa a la hora de casarse. Con el que mi niña interior quiere hacerlo.

—¿Me harías el honor de permitir que esta boda no sea solo un trato, sino un nuevo comienzo? Quiero que me dejes estar a tu lado. Aprender de ti. Protegerte. Querer... lo que sea que puedas darme. Y darte lo mejor de mí, lo que me queda. Lo que seré, contigo.

Estoy temblando. Literalmente temblando. Y en medio de esa tormenta emocional, solo puedo pensar en una cosa.

—Bésame —susurro con un hilo de voz.

Sus cejas se elevan.

—¿Qué?

—No quiero que nuestro primer beso sea frente a todos. No quiero que parezca un espectáculo. Quiero que sea real y nuestro.

Y entonces, me besa.

Con cuidado al principio. Como si temiera romperme. Pero cuando mis manos lo rodean, cuando mis labios responden, se entrega. Y yo también. Como si toda mi alma hubiese estado esperando este momento sin saberlo.

Es fuego. Es ternura. Es todo lo que no sabía que necesitaba. Todo lo que había anhelado sin atreverme a pedirlo.

Cuando nos separamos, respiro hondo.

Y por primera vez desde que todo esto comenzó, me permito creer que quizá... solo quizá...

Esta historia puede no tener un final trágico.

DIECINUEVE

Ethan

El salón está en completo silencio. El tipo de silencio que no incomoda, sino que contiene la respiración de todos los presentes. El tipo de silencio que precede a algo sagrado.

Por primera vez en muchos años, siento que no tengo el control de lo que ocurre a mi alrededor. No estoy negociando con un traficante de armas ni interrogando a un traidor. No estoy dando órdenes ni tomando decisiones con consecuencias mortales. Estoy de pie en el altar, rodeado de rosas blancas, cortinas de encaje traslúcido, columnas decoradas con hiedra natural y cristales colgantes que reflejan la luz de los candelabros como estrellas en miniatura. Estoy esperando a la mujer que, de un modo que nunca supe anticipar, transformó cada rincón de mi existencia.

La música comienza. No es pomposa ni dramática, es clásica, elegante. Como ella. Un cuarteto de cuerdas interpreta un vals que se siente demasiado perfecto para lo que somos, pero adecuado para lo que estamos intentando construir. Cada nota parece sincronizada con el latido de mi corazón.

Y entonces, aparece.

Mila.

Vestida de blanco, con una caída de seda que abraza su cuerpo como si hubiera sido diseñado solo para ella. Cada paso que da parece coreografiado por el destino. Su cabello suelto cae en ondas suaves sobre sus hombros, adornado con pequeñas perlas que reflejan la luz como un halo. Un velo ligero se posa como un susurro sobre su espalda. Camina del brazo de Ryan, quien se ve extrañamente solemne para ser él. El bastardillo incluso luce digno.

Pero no puedo enfocarme en nada que no sea ella.

Porque se ve jodidamente perfecta.

«No somos dignos de ella, pero lo seremos».

Concuerdo con la bestia en mi interior.

Mis dedos se cierran, en puños, luchando contra el impulso de caminar hacia ella, de acortar los metros que nos separan. Porque cada paso que da hacia mí es una declaración, una rendición voluntaria, una elección que ni ella misma comprendió hasta hace muy poco. Y aun así, lo está haciendo. Por nosotros.

Cuando por fin llega frente a mí, cuando Ryan me entrega su mano y nuestras miradas se encuentran, algo en mi interior se detiene. Me sostiene. Me traga entero.

Soy el hombre que juró no arrodillarse, y sin embargo, ya no necesito hacerlo. Porque ya soy suyo.

Cuando llega el momento de decir nuestros votos, siento la boca seca, por primera vez en lo que parece mucho tiempo, tengo miedo. Miedo de nunca ser digno de ella. Así que con eso en mente, comienzo a recitar las palabras que le escribí.

—Yo, Ethan O'Connor, te tomo a ti, Mila Drozdova, como mi esposa. —Deslizo el anillo en su dedo anular, junto a su anillo de compromiso, sin dejar de mirarla a los ojos—. Prometo amarte y respetarte. Estar contigo en las buenas y en las malas, en la salud y en la enfermedad. Pero sobre todo, prometo trabajar todos los días para ser digno de ti. Prometo disculparme, aun cuando no sepa qué hice mal. Y prometo estar ahí para ti, para apoyarte y consolarte. Nunca más te sentirás sola.

La mirada brillosa de Mila no se aparta en ningún momento y el estar aquí, frente a todas estas personas, desnudándole mi corazón, se siente surrealista.

Toma mi anillo de bodas y comienza a recitar sus votos.

—Yo, Mila Drozdova, te tomo a ti, Ethan O'Connor, como mi esposo. —Termina de deslizar el anillo en mi dedo anular y me mira a los ojos—. Prometo amarte y respetarte. Estar contigo en las buenas y en las malas, en la salud y en la enfermedad. Prometo dedicar el tiempo para aprender a quererte... —Me dedica una pequeña sonrisa—. A quererlos —dice por lo bajo—. Prometo ser paciente y siempre escucharte. Y, sobre todo, prometo ser tu confidente al final de un largo día.

—Por el poder que me es conferido por la Iglesia evangélica, los declaro marido y mujer. Puedes besar a la novia.

Acorto la distancia entre nosotros y la tomo de la cintura con suavidad. Hace una semana me pidió que la besara, y desde entonces he estado fantaseando con hacerlo de nuevo. Nunca imaginé los suaves y cálidos que podían ser sus labios. Y solo puedo rezar para que el día en que me permita besarla, siempre que quiera, no esté demasiado lejos.

Sin dejar de mirarla a los ojos, llevo una mano a su nuca y, con suavidad, acerco sus labios a los míos. El beso es suave y cálido y deja mi cuerpo en llamas, pero me alejo antes de que se vuelva completamente inapropiado.

«¡Nuestra!», grita la bestia en mi interior.

—Sí, nuestra.

Susurro, sin apartar la mirada de sus ojos. Y aunque ella no lo confirma, sé que lo siente. Hay algo que ha estado creciendo entre nosotros desde hace semanas.

En la recepción, los brindis suceden entre risas discretas, miradas evaluadoras y silencios llenos de significado. Es una reunión de los rostros más poderosos de este mundo. Y también de los más peligrosos.

Vittoria está radiante. Se mueve con elegancia a pesar de los seis meses de embarazo. Dante la sigue como una sombra, cuidando cada gesto, cada paso, como si el mundo se cayera si ella se tambalease. Cuando nos acercamos a ella para agradecerle, nos dedica una sonrisa que es todo menos fingida.

—Lo hiciste hermoso —dice Mila, y Vittoria le aprieta las manos.

—Fue un honor. Y... me emociona verlos. De verdad.

Miro a Dante y asiente con una mueca que parece de aprobación. Casi. Luego se aleja con su esposa, dejando atrás un aire de complicidad.

En un rincón del salón, me acerco a Dante, Vladimir, Velkan y Nathaniel. Ellos me observan con una mezcla de respeto y cautela. Las decisiones pasadas no se olvidan fácilmente, lo sé. Pero hoy, nos une algo distinto.

Dante se cruza de brazos.

—Nunca imaginé verte casado, O'Connor.

—Yo tampoco —respondo con una media sonrisa cargada de ironía—. Pero ciertas circunstancias nos llevaron a este día.

Vladimir suelta un resoplido.

—Y menos con una princesa rusa. Interesante giro.

—No fue un movimiento estratégico. Al menos, no del todo —admito, mirando mi copa.

Nathaniel entrecierra los ojos.

—Entonces, ¿qué fue?

Miro hacia Mila. Está riendo con Vittoria. Solo he tenido el placer de verla así de feliz un par de veces, y no puedo evitar sentirme como el bastardo con más suerte en el mundo.

—Fue inevitable.

Velkan al fin habla.

—Hay decisiones inevitables que llevan al desastre. Espero que esta no sea una de ellas.

—No lo será —digo con convicción.

Dante relaja los hombros.

—Espero que sepas lo que estás haciendo. —Dante nos dedica a Vladimir y a mí una mirada severa—. Sigo sin estar de acuerdo con su negocio.

—Y nosotros seguimos sin pedirte permiso —replico con serenidad—. Pero respeto tu opinión. —Miro a los demás miembros del Priesthood—. Gracias a todos por venir. Lo aprecio.

Vladimir me mira fijo, su voz baja como una amenaza disfrazada.

—No la rompas, Ethan. Esa mujer... podría ser tu redención. O tu destrucción.

—No pienso fallarle —respondo sin titubeos.

Y lo digo en serio.

Mila

La noche termina donde todo empezó.

En el *penthouse*.

Estamos solos. A oscuras. Me detengo frente al ventanal, observando las luces de Los Ángeles como si fueran constelaciones. Me quito los tacones, uno a uno, sintiendo el frío del suelo bajo mis pies. El silencio que nos envuelve no es incómodo. Es cálido. Vivo. Distinto al de otras noches. No hay temor. No hay ira. Solo una calma densa, esperanzadora.

Sobre la mesa de regalos, entre las envolturas y las tarjetas elegantes, hay un sobre sin remitente. Ethan lo abre en silencio y hay una carta de mi padre.

«Espero que seas feliz, Mila. Lo que elijas, que sea por ti. Felicidades».

No hay amenazas o reprimendas, solo una frase que no espero. Y que, a pesar de todo, me hace llorar.

—¿Estás bien? —pregunta Ethan con voz ronca y baja.

Asiento. Me limpio las lágrimas con la parte interna de la mano.

—No esperaba nada. Tal vez eso lo hace peor.

Ethan se acerca y me toma del mentón para alejar mi atención de la carta.

—Podemos ignorarla. O puedes lanzarla al fuego si quieres —dice mirando la chimenea.

Sacudo la cabeza.

—No. Solo... guárdala. Para recordar que el pasado no dicta el futuro.

Se queda mirándome un segundo, con esa intensidad que solo él puede sostener sin parpadear. Luego habla en voz baja, casi con temor:

—Si no quieres hacer nada esta noche, no tenemos que hacerlo.

He estado pensando en eso durante toda la ceremonia, y aunque nunca me imaginé que mi primera vez podría llegar a ser con Ethan, me alegra que lo sea. Tenía la intención de postergarlo por un tiempo, pero lo cierto es que lo he estado deseando desde hace semanas.

—Quiero hacerlo. Pero a mi manera.

Sus ojos brillan, pero no de deseo, sino de algo más. Adoración, incluso... amor.

Me acerco y tomo su rostro entre mis manos. Mis labios se unen con los suyos en una caricia lenta.

Cada caricia es una exploración. Cada beso es una promesa sin palabras. Ethan no tiene prisa. Me sigue. Me escucha. Me adora como si yo fuera lo más preciado que ha tenido entre sus manos.

—¿Así está bien? —pregunta en un susurro, acariciando mi mejilla.

—Sí —respondo, apenas audible.

Cuando llega el momento de quedar completamente desnuda frente a él, los nervios me inundan, aunque no es la primera vez que me ve. Siento el corazón en la garganta, la piel encendida y una vulnerabilidad que me corta la respiración. Pero en cuanto lo miro a los ojos, todo se disipa. Su mirada no me desviste: me envuelve, me contiene, me honra.

Ethan se acerca sin prisa. Sus dedos, firmes pero cuidadosos, se posan en mis hombros. Con una lentitud devastadora, desliza mi vestido por mis brazos, bajándolo hasta que cae a mis pies. La tela resbala con un susurro que se pierde en el aire espeso que nos rodea. Estoy desnuda ante él, con el alma temblando por dentro.

Sus pupilas se dilatan al recorrerme.

—De todas las obras de arte, eres la que siempre querré admirar —murmura, su voz grave como una caricia de terciopelo. Besa mi mejilla derecha, justo donde se encuentra un lunar—. Mía. —Sus labios recorren mi quijada, donde se encuentra otro. Está siguiendo un camino—. Para. —Cuando sus labios llegan a mi cuello, no soy más que un montón de jadeos y suspiros—. Adorar.

No puedo responder. Me falta aire.

Cierro los ojos cuando sus manos me acarician, empezando por mis hombros, bajando por la clavícula. Su contacto es suave al principio, como si acariciara un secreto. Luego más decidido. Me toma los pechos con ambas manos, con una mezcla de ternura y posesión. Sus pulgares rozan mis pezones, que reaccionan al instante. Gimo bajito, sorprendida por la ola de calor que se enciende entre mis piernas.

—Mírame, princesa —ordena con un tono tan bajo que me provoca un escalofrío—. Quiero tus ojos en mí cuando te toco.

Obedezco. Nuestros ojos se funden. Mi cuerpo se arquea hacia el suyo, pidiéndolo.

Me alza en brazos con facilidad, como si fuera liviana, frágil. Me lleva a la cama y me deposita sobre las sábanas con un cuidado reverente, pero su cuerpo, cuando se posa sobre el mío, emana una energía cruda, masculina, controlada por una delgada línea.

Se desviste sin prisa, mirándome. Cada prenda que cae revela más de él, hasta que por fin está completamente desnudo ante mí. Su cuerpo es fuerte, definido, hermoso. Y está excitado, duro, preparado para mí.

—¿Estás segura? —pregunta, tocándome el rostro.

—Sí —respondo sin dudar.

—Voy a ser lento, pero firme. Te haré mía en cada sentido, Mila.

Abre mis piernas con cuidado, con devoción, y se acomoda entre ellas. Su boca baja por mi cuerpo. Besa mis pechos con intensidad, los lame, los chupa. Luego sigue su descenso por mi vientre. Cuando llega a mi centro, jadeo. Su lengua es suave, hábil. Explora cada pliegue, cada rincón. Me lleva al borde una y otra vez, hasta que mis caderas se alzan sin control y mi primer orgasmo estalla entre sus labios.

—Dios... —susurro, con los ojos vidriosos—. No sabía que podía sentirme así.

Ethan sube por mi cuerpo, posicionándose sobre mí.

—Esto es solo el principio.

Me besa con un hambre contenida. Su lengua reclama la mía, profunda, ardiente. Siento la cabeza girar. Sus manos me sujetan las muñecas por encima de la cabeza, y con una sola mirada, me pregunta si puede seguir.

Asiento.

—Quiero escucharte decirlo, cariño.

—Sí, por favor.

Me dedica una sonrisa ladina.

—Conmigo nunca tienes que suplicar.

Cuando me penetra, lo hace despacio. Siento cada centímetro de su cuerpo llenándome, extendiéndome, reclamándome. Jadeo. Me aferro a él.

—Eres tan jodidamente perfecta —gruñe, enterrado hasta el fondo.

Se mueve lento al principio, dejándome adaptarme a su tamaño. Luego encuentra un ritmo que me lleva al límite. Mis uñas se clavan en su espalda. Él baja una mano a mi cuello, no para apretar, solo para sostener. Para recordar que él está ahí. Que me tiene. Que soy suya.

Nuestros cuerpos chocan en una sinfonía de piel, aliento y deseo. Sudor. Susurros. Gemidos entrecortados.

Cuando llego de nuevo al clímax, es más intenso, más profundo. Él me sigue poco después, su cuerpo temblando, su boca buscando la mía.

Se desploma sobre mí, sin aplastarme, y nos quedamos así. Juntos. Sin palabras.

Lo abrazo fuerte. Porque en ese instante, entre su cuerpo agotado y mi pecho aún latiendo acelerado, me permito creer que esto es más que una noche.

Es un comienzo.

VEINTE
Mila

Cuando despierto en su cama, bueno, en nuestra cama, y lo veo dormido a mi lado, con una mano sobre mi cintura como si inconscientemente quisiera asegurarse de que no me he ido, siento esa punzada de extraña paz que no me atrevo a nombrar. No es perfecta, pero es real. Y después de todo lo que vivimos, eso es suficiente para empezar.

En las mañanas, su respiración es profunda, pausada, y durante un instante el mundo parece completamente seguro. A veces sigue hablándome con ese tono seco y mandón que me hace rodar los ojos. Otras, se despierta antes que yo y me deja el desayuno servido, como si fuera su forma silenciosa de decir que está aprendiendo a cuidarme sin palabras, solo con actos.

Hoy no hay grandes reuniones ni misiones que atender. Es uno de esos días raros en los que el mundo parece girar más lento, como si nos estuviera dando permiso para simplemente vivir. Y Ethan me propone hacer algo diferente.

—Vamos a la playa —dice con un gesto despreocupado mientras deja su taza de café sobre la encimera—. Necesito tenerte un rato para mí sin que nadie acapare tu atención.

No discutimos. Solo lo hacemos. Como si cada plan improvisado fuera una forma de construir algo nuevo entre nosotros.

La costa de Malibú está tranquila. El sol acaricia la superficie del agua, y la brisa tiene ese sabor salado que me recuerda a mi infancia. Me puse un vestido blanco ligero que se adhiere a mi piel con el viento, y él lleva una camisa abierta, sin abotonar del todo, con gafas oscuras que lo hacen parecer peligroso y hermoso.

Caminamos descalzos por la orilla mientras vemos a Zeus correr por la playa, con el agua fría rozando nuestros tobillos, dejando huellas efímeras en la arena. El silencio entre nosotros es cálido. Nos hablamos con miradas, con roces de dedos, con sonrisas pequeñas que dicen «estamos bien».

Nos sentamos bajo una sombrilla, con una hielera a un lado, y una manta extendida sobre la arena. Zeus no se acuesta junto a nosotros, ya que parece muy feliz de tener un gran terreno para correr, pero se mantiene lo suficientemente cerca para que podamos verlo. Ethan me observa como si no pudiera creer que estoy aquí, y yo siento lo mismo. Tira de mi mano para que me recueste sobre su pecho, y lo hago. Desde que nos casamos, ha buscado hasta las más tontas de las excusas para estar cerca de mí.

Aunque no lo dice en voz alta, sé que tiene miedo de que desaparezca y quedarse solo de nuevo. Sí, tiene a Zeus y Ryan, pero es diferente.

—Nunca imaginé verte en la playa, Ethan.

—Nunca imaginé traerte aquí. Pero supongo que hay una primera vez para todo.

—¿Incluso para ser feliz?

Me lanza una mirada seria, cargada de algo que no termino de descifrar. Luego su boca se curva apenas.

—Especialmente, para eso.

Nos recostamos juntos. Su brazo se convierte en mi almohada y mi cabeza en su refugio. Me acaricia el cabello mientras miramos el cielo sin decir nada. Por primera vez, el silencio no pesa. Es suave, envolvente. Como si este instante fuera eterno, como si el mar supiera guardar secretos.

Nos quedamos así por horas, entre el murmullo de las olas y el calor compartido. Ethan besa mis hombros, acaricia mi espalda, y por un momento me olvido de todo lo que fuimos. Solo somos esto. Nosotros. Sin pasados ni enemigos. Solo un amor que se construye con pequeñas decisiones.

Dos días después, mientras Ethan trabaja en su despacho, aprovecho para sacar mi libreta de diseños y comenzar a armar lo que podría ser el principio de un sueño: mi propia línea de ropa.

Extiendo telas, recortes de revistas, bocetos, y los coloco en una especie de «vision board» sobre la mesa del comedor. El concepto es claro en mi mente: elegancia rusa moderna. Líneas limpias, cortes estructurados, telas cálidas pero sofisticadas. Ropa que haga sentir a las mujeres como si pudieran conquistar el mundo sin perder su feminidad. Sofisticación clásica con un toque de poder silencioso.

Cuando Ethan entra y ve todo esparcido, frunce el ceño.

—¿Te mudaste aquí con una editorial de moda y no me avisaste?

—Es mi mente explotando —respondo, girándome hacia él con una sonrisa entusiasta. Siento la adrenalina en la lengua—. He estado trabajando en mi línea de ropa.

Ethan se queda en silencio por un segundo, con una expresión neutral. Luego camina hasta mí y toma uno de los bocetos.

—Esto es bueno.

—¿Solo bueno? —repito, nerviosa.

—Es impecable —se rectifica, tocando el papel con cuidado. Me mira con esa intensidad que derrite—. Y lo vamos a hacer realidad.

—¿Vas a ayudarme?

Eso no era parte de la condición de casarnos, pero saber que confía en mí y en mi proyecto, hace que me enamore un poco más de él.

Una sonrisa de genuina felicidad se forma en mis labios.

—Tengo contactos. Inversionistas. Una reputación que hace que la gente firme sin mirar. Pero sobre todo, tengo una esposa que quiere cambiar el mundo con sus telas. Así que sí, Mila. Vamos a construir esto.

No puedo evitar abrazarlo. Me sostiene con fuerza. Me respira como si fuera oxígeno.

Creen en mí.

Durante la semana, comienzo a mover los hilos. Ryan me acompaña a ver locales, a buscar proveedores de telas, a recorrer calles que nunca pensé que visitaría desde que dejé el modelaje activo.

En una de las tiendas de textiles más exclusivas de Beverly Hills, Ryan se cruza de brazos mientras yo comparo sedas, linos y terciopelos.

—Si Ethan se entera de la forma en que ese hombre te miró, le arrancará el alma.

—¡Ryan!

—¡Lo digo con cariño! Bueno... con un poco de amenaza incluida.

Sonrío. Me gusta tenerlo cerca. Es la clase de protección que no sofoca, solo observa, y actúa si hace falta. Me ayuda a cargar rollos de telas, me da opiniones absurdas sobre diseños, y hace que todo se sienta más fácil.

Cuando volvemos al *penthouse*, le enseño a Ethan las muestras.

Las toca con atención, como si pudiera entender mi visión solo a través del tacto.

—Este —dice, levantando una tela azul noche con bordado ruso sutil—. Esto grita «Mila».

Y de alguna forma, lo hace.

LAS NOCHES SON NUESTRAS. Cocinamos juntos; bueno, yo cocino, él observa y hace comentarios críticos que me hacen reír. Nos sentamos en el suelo a comer, con una botella de vino a medio terminar y música suave de fondo. Compartimos historias. Risas. Miradas que dicen más que las palabras.

Hacemos el amor con intensidad. A veces lentamente, y en otras ocasiones con un poco de desenfreno. Pero siempre con significado. Otras veces solo nos abrazamos hasta que el sueño nos vence. Hay noches en las que me lee fragmentos de libros y otras en las que yo simplemente lo observo dormir.

Pero siempre, siempre estamos juntos.

Y justo cuando empiezo a creer que todo está bien, Ethan recibe un mensaje.

Ethan

El correo llega directo desde una cuenta cifrada. El remitente es Nathaniel.

«Cámara de seguridad, Marsella. Fecha: hace tres meses».

Abro el archivo y dentro hay una imagen nítida. Bentley estrechando la mano del hombre que más odio en el mundo: mi padre.

«Una rata traidora. Un monstruo... Curiosa combinación».

Siento que la sangre se me hiela.

En el siguiente mensaje hay una transcripción:

«—Tienes que irte, sabe que estás cerca.

—Gracias por avisarme».

Aunque ya lo sospechaba, el sabor de la traición me golpea con fuerza. Mi mano se cierra en un puño, y esta vez no hay paz. Solo un plan. Un plan que se está gestando desde hace años sin que yo lo supiera. Un plan que ahora tiene nombre.

Un plan para acabar con él.

Con todos.

VEINTIUNO
Mila

M e despierto de golpe.

El movimiento brusco de la cama me saca del sueño como un tirón helado. Me incorporo con el corazón desbocado, parpadeando para acostumbrarme a la oscuridad de la habitación, y lo veo.

Ethan.

Está sentado al borde de la cama, con el cuerpo tenso, como si hubiese despertado de una caída sin fin. Jadea. El sudor le empapa la frente y el pecho. Su respiración es irregular, entrecortada. Tiene las manos apretadas contra las piernas, los ojos abiertos de par en par, pero no está aquí. No realmente.

Sus labios se mueven, murmurando palabras apenas audibles, fragmentos de un recuerdo que lo devora desde dentro.

Me acerco con cuidado, sin hacer ruido, como si al tocarlo pudiera romperlo más.

—Ethan... —susurro, posando una mano temblorosa en su brazo caliente.

Se estremece al instante. Un escalofrío brutal lo recorre. Retrocede apenas, atrapado en la pesadilla.

—No... no, por favor... —murmura con la voz rota.

—Ethan. Despierta. Soy yo. Mila. Estoy aquí. No estás solo.

Lo sacudo con suavidad. Lo llamo de nuevo. Y entonces, sus ojos se enfocan. Me encuentra. Su pecho sube con dificultad. Deja escapar un suspiro tembloroso y se cubre el rostro con las manos. Todo su cuerpo tiembla.

—Estás bien —le digo, sentándome frente a él, tocándolo con más firmeza—. Estoy contigo. Ya pasó.

Pasan varios segundos antes de que baje las manos. Cuando lo hace, me duele lo que veo: devastación. Culpa. Y miedo.

—Lo siento —dice en un susurro ronco, como si se sintiera indigno de pedirlo—. Te desperté.

Mi corazón se rompe en mil pedazos.

—No tienes que disculparte. ¿Tuviste una pesadilla?

Asiente. Traga saliva. Sus hombros están tensos, como cuerdas a punto de romperse.

—Tenía diez años la primera vez que maté a alguien. Mi padre. Él... estaba furioso porque me negaba a hacerlo. —Deja salir un suspiro tembloroso—. Al fin, entre el miedo y las lágrimas, disparé el gatillo. Recuerdo haber salido del sótano buscando a mi madre, pero lo único que podía ver era el cadáver del hombre al que le quité la vida.

Sus palabras me atraviesan. Siento un nudo subiendo por mi garganta. No lo interrumpo. Solo lo escucho.

—Fue la primera vez que «él» apareció —dice, bajando la mirada—. Mi otra parte. Esa que se desconecta para sobrevivir. Que no siente. Que obedece. No sabía qué hacer. Solo supe... adaptarme. Ser lo que mi padre quería. No el niño que lloraba. No el que temblaba.

Me acerco más. Tomo sus manos. Están frías y aún tiemblan.

—Ya no estás allí. Ya no eres ese niño. Estás conmigo. En casa. No estás solo, Ethan. No esta vez.

Por último, me mira. Sus ojos están rotos, y también llenos de algo nuevo. Confianza, tal vez. Esperanza.

Me jala hacia él con fuerza y me envuelve en un abrazo desesperado. Me aferro. Nos aferramos.

—Prométeme que nunca me mirarás con miedo —murmura contra mi cuello, temblando.

—Nunca lo haré —respondo sin dudar, abrazándolo con todo lo que soy.

Porque veo su dolor. Su historia. Pero también veo su lucha. Su deseo de cambiar.

Ethan

Ella se queda conmigo. Me calma con sus palabras, con su voz, con su presencia. Mila no se aparta. No se escandaliza. No se va. Me contiene como nadie antes lo ha hecho. Y eso, eso me parte por dentro. Y al mismo tiempo, me reconstruye.

Quiero recompensarla por cada minuto que ha soportado mi oscuridad. Por cada instante que ha creído en mí.

Esa misma noche, cocino para ella. No algo elaborado, pero sí hecho con intención. Con manos que solo conocen el arte de destruir, y ahora quieren aprender a crear.

Mila se sienta en la barra, observándome con esa sonrisa que me derrite desde dentro.

—No sabía que cocinabas.

—No lo hago. Pero hoy quería intentar algo diferente.

Cenamos juntos. En silencio al principio, hasta que ese silencio se vuelve cálido, cómodo. Como una manta suave arropando dos almas cansadas.

Me sirvo una copa de vino y le paso otra. Nuestros dedos se rozan al tocar el cristal.

—Gracias por quedarte esta noche. Por no alejarte.

Ella deja la copa y me toma la mano.

—Nunca más estarás.

No le respondo con palabras, y en su lugar, la beso. Profundo, lleno de gratitud y deseo contenido. Cuando la llevo a la habitación, lo hago con reverencia. Como si tocara algo sagrado. Le quito la ropa con calma, adorando cada parte de su cuerpo con la yema de mis dedos.

No es sexo. Es rendición.

Nuestros cuerpos se entrelazan como si fueran piezas de un rompecabezas hecho para encajar. Cada caricia es una confesión. Cada gemido, un acto de fe. Y cuando Mila arquea la espalda debajo de mí, gimiendo mi nombre como una oración, le susurro lo que por fin entiendo:

—Te amo.

Se detiene. Me mira con los ojos brillantes.

—Tal vez no sepa cómo hacerlo bien. Tal vez haya partes de mí que jamás entiendas. Pero tú me enseñas todos los días. Me enseñas a ser humano. A ser tuyo. Y juro, por todo lo que soy, que voy a protegerte. De mí. De todos. Siempre.

Ella me besa, con una mezcla de ternura y pasión que me deja sin aire.

Sus muslos me envuelven y su boca gime mi nombre como una plegaria desesperada. Su piel bajo mis manos es fuego, es vida. Cada curva suya me pertenece. Cada temblor. Cada latido acelerado.

«Mira lo hermosa que es...», susurra mi otra voz, la que nunca duerme, la que nunca calla.

«Nos quiere. Nos acepta. No lo arruines, por favor».

Me inclino sobre ella, la beso como si me aferrara a la única verdad que me sostiene. Su alma. Su luz. La devoro con caricias. La adoro con mis labios. La reclamo con mi cuerpo.

Cuando entro en ella, lo hago lento, profundo. Como si el mundo entero dependiera de ese instante. Y quizá así sea.

«Nunca merecimos esto. Pero el universo fue generoso. Nos la dio. Y no la dejaremos ir».

Nunca.

Mis caderas se mueven con ritmo constante. Ella me sigue, me envuelve, me eleva. Todo en mí es fuego, y ella es mi agua. Mi calma. Mi tormenta.

«Es nuestra redención. Nuestro castigo y nuestra salvación. Nuestra dama oscura».

Le acaricio el rostro. Le beso los párpados, el cuello, el corazón. La escucho llegar con un gemido ronco, temblando. Y la sigo, perdiéndome por completo. No solo con el cuerpo. También con el alma. Con lo que queda de mí.

Porque, por primera vez, todo mi ser está unido.

Y es de ella.

Horas después, ya en mi despacho, vuelvo al trabajo. Mila salió temprano con Ryan para buscar nuevas telas. Estaba entusiasmada. Ilusionada. La vi alejarse por la puerta con una sonrisa y no imaginé...

Estoy revisando documentos, rutas de envío, cuando llega una notificación en mi monitor.

Un correo sin asunto, sin remitente, pero con un archivo adjunto.

Lo abro, hay un video.

Mila. Atada a una silla. Con una rosa en el regazo. Sus ojos llenos de miedo, pero también de furia.

La voz de Kazimir suena desde el altavoz:

—La tengo.

El mundo se detiene. El aire desaparece. Todo en mí se congela y luego explota.

Golpeo el escritorio con el puño y me levanto. Mi otra parte despierta con un rugido.

Y ya no hay paz. Solo guerra.

—La recuperaremos. Cueste lo que cueste.

Mi voz es acero fundido. Una promesa sellada con sangre.

—Y Kazimir.

Aprieto los dientes. Los ojos me arden.

—Va a rogar por morir antes de que acabe con él.

«Voy a disfrutar despellejándolo por llevarse lo que es nuestro».

VEINTIDÓS

Mila

Todo es oscuridad.

Despierto con la garganta seca, los brazos adoloridos y una cuerda cortándome la piel de las muñecas. Me han atado a una silla y tengo las piernas entumecidas por la falta de movimiento. El aire está cargado de humedad, huele a encierro, a sangre seca y a desesperación. El murmullo de voces lejanas resuena por las paredes, distorsionado, como si proviniera de otro mundo.

Las luces del cuarto son bajas, amarillas, casi difusas. Todo en este lugar está diseñado para quebrarte. Para hacerte sentir pequeña, insignificante, indefensa. El miedo se me adhiere a la piel como una segunda capa, pero me obligo a mantener la respiración estable. A recordar que soy más que esto.

Y entonces, lo veo.

Kazimir.

Apoyado contra la pared como si el lugar le perteneciera, como si yo no fuera más que una propiedad abandonada que ahora regresa a sus manos. Su sonrisa torcida es una herida abierta. Sus ojos, dos pozos de odio. Puro veneno.

—Pensé que serías más difícil de atrapar —dice, caminando hacia mí con paso lento, como un cazador saboreando el miedo de su presa—. Pero sigues siendo tan predecible.

No le respondo. Me niego a darle el gusto de verme rota. Me niego a suplicarle.

Se inclina, quedando a pocos centímetros de mi rostro. Su aliento me golpea como una bofetada.

—Y pensar que alguna vez te creí diferente. Intocable. ¡Pero no! Bastó que ese bastardo te hablara bonito para que abrieras las piernas como una puta barata.

—Cállate, maldito —escupo con frialdad. Mi voz tiembla, pero mi espíritu no.

Su mano cruza el aire como un latigazo. La bofetada me hace girar el rostro con fuerza, y el sabor a hierro explota en mi boca. Me arde la mejilla, pero no lloro. No me permito hacerlo.

—No me hables así —gruñe, tomándome del cabello con brusquedad—. No estás con tu amado capo ahora. Estás en mis manos. Y si algo te voy a enseñar es a recordar a quién perteneces.

Me enderezo todo lo que puedo, incluso con la cuerda tirando de mis brazos. Lo miro directo a los ojos.

—Nunca te pertenecí y nunca lo haré.

Detrás de él, se abre la puerta. Entra un hombre alto, con barba gris perfectamente recortada, ojos de hielo y un porte que hace temblar las paredes. Es el Pakhan. El líder de la Bratva. La cabeza de la serpiente.

—¿Así tratas al regalo de nuestro traidor? —pregunta con desdén, su voz es tan afilada como una daga—. Hermosa. Lástima que haya sido corrompida por el bastardo de su esposo.

Kazimir retrocede, bajando la cabeza como un niño regañado. El Pakhan me observa como quien evalúa un objeto dañado.

—Tu padre está detenido, Mila —continúa, con esa calma helada que aterroriza—. No ha muerto. Aún. Aunque todavía no decido si perdonarlo... o meterle una bala en la cabeza por entregarte al enemigo.

Una punzada atraviesa mi pecho, pero no dejo que se note. Me niego a mostrar debilidad frente a esos monstruos.

—Mi padre cometió muchos errores. Pero al entregarme a Ethan... por primera vez hizo algo bien.

Kazimir me golpea de nuevo. Esta vez con el dorso de la mano. Caigo hacia un lado, escupiendo sangre. Me cuesta mantenerme erguida, pero lo hago. No le regalaré mi derrota.

El Pakhan no se inmuta. Solo asiente con frialdad.

—La dejaremos aquí. O'Connor vendrá por ella. Y cuando lo haga... caerá con el resto.

Cierro los ojos. No por miedo. Si no como una oración silenciosa. Porque si esta es mi última batalla, quiero pelearla amando. Quiero aferrarme al último pensamiento que me sostiene, que me mantiene cuerda en medio del dolor y la oscuridad: Ethan.

Su nombre es un susurro que me abriga. Me doy cuenta ahora, en este lugar sin ventanas ni promesas, que lo amo. No es solo una idea o una fantasía. Es real. Vivo en mi pecho. Lo amo con cada parte rota de mí, con cada cicatriz, con cada latido. Y me duele no habérselo dicho. Me duele pensar que puede que no vuelva a verlo, que no escuche de mis labios que ha sido mi refugio, mi tormenta, mi hogar. Si voy a morir, quiero que sea sabiendo que, al menos por un momento, fui suya. Que lo amé. Que me enseñó que incluso lo roto puede tener belleza. Y si el universo me da otra oportunidad, si puedo abrazarlo una vez más, prometo no callarlo nunca más.

Ethan

El dolor me perfora el estómago cuando veo a Ryan en la

clínica. Apenas puede respirar. Tiene el rostro hinchado, los nudillos partidos y tres costillas rotas. Lo dejaron vivo, pero apenas.

—No pude evitarlo, jefe —murmura con voz ronca—. Se la llevaron en segundos. Eran muchos hombres. Yo... traté, pero... fallé.

Le tomo la mano con firmeza. Aprieto.

—No fallaste. Descansa. Me encargaré de traerla de vuelta.

«No falló, lo dio todo. Ahora es nuestro turno de ir a la guerra».

Me incorporo, la rabia transformándose en propósito.

Ya en el avión privado, envío los mensajes a cada uno de los miembros del Priesthood.

Uno a uno, van respondiendo. Vladimir, Nathaniel, Dante y Velkan. Todos vendrán. No por mí. Por ella. Porque Mila ha dejado de ser solo mía. Porque todos saben lo que significa.

Si ella cae, parte de mí también lo hará. Tal vez la parte que vale la pena.

«La parte que tú no supiste cuidar antes, pero que ahora no vamos a perder», murmura la voz en mi interior, no con reproche, sino con convicción.

Al llegar a Rusia, el frío cala hasta los huesos. No es como el frío de cualquier otro lugar. Es cruel. Afilado. Presagio de guerra.

Nos reunimos en una casa segura. Una cabaña antigua que hemos usado para operaciones antes. Las paredes respiran conspiraciones.

Dante traza mapas con rapidez, frunciendo el ceño.

Nathaniel hackea señales con los dedos volando sobre su teclado.

Vladimir limpia sus armas con la calma de quien ya ha visto demasiadas muertes.

Y Velkan prepara explosivos con precisión quirúrgica, como si modelara esculturas.

Miro el plano.

La mansión de la Bratva está fortificada. Múltiples entradas. Guardias rotativos. Cámaras. Torres de vigilancia. Un infierno cerrado.

No me importa.

—Vamos a entrar. Y vamos a sacarla. Ya no hay vuelta atrás.

Todos asienten. No hay dudas. No hay preguntas. Saben que lo digo en serio.

«Porque no podemos fallarle. No a ella. No esta vez».

Porque estoy dispuesto a incendiar el mundo por ella.

Y lo haré.

Por Mila.

Por mí.

Por lo que ahora somos.

«Y porque, nunca lo imaginé... creo que empiezo a entender lo que se siente amar a alguien».

VEINTITRÉS

Ethan

L a noche es espesa. Fría. Cargada de presagios. Las sombras se mueven con un ritmo antinatural, como si la oscuridad misma supiera que la muerte ronda cerca. A través del visor de mi arma, observo la fachada de la mansión. Cámaras giratorias, guardias apostados en las torres, focos de movimiento en los techos. Todo está calibrado para resistir un ataque.

Y eso es exactamente lo que vamos a darles.

Mi voz suena firme por el intercomunicador.

—Todos en posición. En cinco.

Dante responde desde el flanco este. Velkan ya ha plantado los explosivos en la verja electrificada. Vladimir cubre la retaguardia con sus hombres, mientras que Nathaniel infiltra los sistemas desde una camioneta a medio kilómetro. Yo estoy en el frente, con el corazón latiendo como un tambor de guerra, con las palmas sudorosas sobre el rifle, y la mirada fija en la entrada principal.

Cinco segundos. Cuatro. Tres. Dos...

La primera explosión sacude la noche con un rugido que me atraviesa el pecho. Fragmentos de acero vuelan como metralla. El portón principal cede sin resistencia, como si siempre hubiera estado esperando caer. La tierra tiembla bajo mis botas. Los focos parpadean. Y entonces, el ruido: disparos, órdenes a gritos, el chillido desgarrado del miedo. El infierno se abre sin aviso. Exactamente como lo planeé.

Corremos directo al caos. El estruendo de los disparos me ensordece. Esquivo una bala por centímetros, ruedo por el suelo, me incorporo y disparo. Uno cae. Luego otro. Y otro más. La nieve se mancha de rojo. No hay margen para el error. No hay lugar para la duda. Cada movimiento decide entre la vida y la muerte.

Una granada estalla cerca de la entrada lateral, levantando una nube de polvo y fuego. Vladimir avanza con precisión letal, sus hombres flanquean a los rusos con una sincronía brutal. Velkan lanza una carga hacia el balcón, y el piso superior se viene abajo con un crujido ensordecedor. Los gritos de los enemigos aplastados se ahogan entre los escombros.

Mi intercomunicador crepita:

—Segundo piso despejado —dice Dante—. Nos movemos hacia el ala oeste.

—Copiado —respondo con un gruñido.

Sigo el camino hacia el sótano. Cada paso me acerca a ella. Cada disparo me recuerda lo que está en juego. Un enemigo se abalanza sobre mí con una navaja. Lo esquivo y lo derribo con un golpe certero al cuello. Su cuerpo cae como un saco inerte. No me detengo a mirar si vive. No me importa.

Llego a la puerta reforzada que da al sótano. Dos disparos al cerrojo. Pateo y entro.

Y ahí está.

Mila.

Atada, golpeada, pero viva. Sus ojos se abren en cuanto me escucha caminar hacia ella. Su cuerpo tiembla. Me lanzo hacia ella, la desato y la envuelvo con mis brazos, me aferro con desesperación a su cuerpo.

Está viva.

—Estás aquí —susurra. Una lágrima rueda por su mejilla manchada.

—Siempre iré por ti —respondo con la voz ahogada, sintiendo que el alma me regresa al cuerpo.

La cargo en brazos. La saco del sótano. El humo invade los pasillos. El crujido del fuego y los disparos no cesa. A mitad del vestíbulo, un rugido interrumpe nuestro escape.

El Pakhan y Kazimir. Con un escuadrón de hombres armados hasta los dientes.

Aparecen también otros dos rostros.

Bentley.

Y Alexander O'Connor. Mi padre.

—Eres igual a tu madre, débil —me escupe Alexander, apuntándome con una pistola.

Kazimir avanza hacia mí, y puedo ver el odio ardiendo en sus ojos. Bentley da un paso al lado del Pakhan. Miro a Mila, la dejo apoyada tras una columna, resguardada por los escombros.

—Volveré por ti en un momento, cariño —susurro antes de alejarme de la mujer que es mi razón de ser. Mi cordura entera.

«A matar a esos bastardos».

Velkan entra por una de las puertas laterales. Se lanza sobre el Pakhan con una furia desmedida. Combate cuerpo a cuerpo. Puños, sangre, huesos que crujen. La furia contenida de Velkan explota en cada golpe. Al final, lo derriba. Un disparo en la frente. El Pakhan ruso cae. Muerto. Lo que provoca un silencio momentáneo, pero aún me queda alguien por ejecutar. Alguien que me pertenece.

Yo me lanzo sobre Kazimir. Mis puños encuentran su rostro. Lo golpeo con cada pedazo de odio que he contenido por años. Me golpea también. Sangre. Moretones. Rodamos por el suelo. Lo derribo. Tiro de su chaqueta. Una navaja cae. Se la clavo en la pierna. Grita.

—Por cada golpe que le diste a ella. Por cada vez que la hiciste llorar.

Otro corte.

—Por haberla secuestrado. Por cada rosa con la que la acosaste.

Lo miro a los ojos. Vacío. Derrotado.

—Por no saber que Mila no es tuya. Nunca lo fue.

Y entonces, el disparo final. Uno que lo sella todo. Kazimir deja de existir.

Bentley intenta escapar como el cobarde y traidor que es, pero Vladimir lo intercepta y le apunta con un arma.

—Intentar joder nuestro negocio fue tu último error, maldito.

Disparo seco y Bentley está fuera.

Mi padre me mira. Herido. Sangrando por el abdomen, la ira y el odio me inundan. Y entonces, el control me es arrebatado...

Ángel Caído

Ahí está.

Mi creador.

El hombre que rompió a Ethan una y otra vez hasta que yo nací de sus ruinas. No fui un accidente, fui un mecanismo de defensa. Una reacción al dolor, al miedo, al abandono. Fui el escudo. El castigo. Fui el que se manchó las manos cuando Ethan solo quería sobrevivir.

Y sin embargo... lo miro ahora.

No hay nada grandioso en Alexander O'Connor. Solo un cuerpo envejecido, cruel, que se aferra a la arrogancia como si eso lo mantuviera vivo. Lo que una vez pareció un dios dentro de un infierno familiar ahora solo es un hombre. Patético. Solo.

«¿Esto es lo que temías, Ethan?».

Siento a mi otro yo temblar. No por miedo, sino de ira, por el eco de un niño que alguna vez rogó por amor.

Yo nací para vengar a ese niño.

Pero en este momento, por primera vez, no siento odio. Siento lástima.

«Míranos. Somos el resultado de su legado. Pero ¿sabes qué? Ya no le pertenecemos. Ya no es el dueño de este monstruo».

Respiro profundo.

—No viviré siendo tu reflejo —murmuro, con una voz que mezcla el tono de ambas partes.

Alexander se ríe, con sangre entre los dientes.

—Eres solo otra parte rota de un experimento fallido.

—Tal vez... pero incluso las partes rotas pueden amar. Pueden proteger. Pueden sanar.

Levanto el arma... pero no disparo.

No. Ya no necesito demostrar nada.

—No fui creado solo para matar. También fui creado para sostener a la mujer que amamos cuando tiembla. Para matar por ella... y para aprender a vivir por ella.

Ethan toma el control de nuevo.

Y juntos... damos la espalda a nuestro creador mientras muere lentamente.

Ethan

El padre de Mila sale de las sombras con un arma en su mano temblorosa. Parece que lleva semanas sin comer ni ver la luz del sol. Lo golpearon hasta el punto de que su rostro es casi completamente irreconocible. Alzo las manos en señal de rendición, le está apuntando a Mila.

—Sergei...

El aire abandona mi cuerpo cuando dos disparos resuenan simultáneamente. Me giro justo a tiempo para ver a un ruso caer muerto a unos centímetros de Mila, que se encuentra en el suelo con los ojos entreabiertos.

Observo a Sergei caer de rodillas frente a su hija mientras la sangre cae por su boca. Mierda, no.

Mila, temblorosa y con el rostro húmedo por las lágrimas silenciosas, se arrastra hasta él. Me mantengo al margen, mientras, mi corazón llora por Mila. Sergei nunca fue un buen padre, pero Mila tiene el corazón más bondadoso que he conocido y sé que nunca ha podido odiarlo.

—Papá... —susurra entre lágrimas mientras se aferra a su cuerpo.

Sus labios tiemblan. Su aliento es débil.

—Lo siento... Rosmery...

Cierro los ojos cuando Sergei suelta su último aliento. El bastardo no pudo disculparse con su hija antes de morir. No, lo hizo con su difunta esposa. Maldición.

Con lentitud, me acerco a Mila y la alejo del cuerpo inerte de su padre. La tomo entre mis brazos y la aparto de él. Su llanto es silencioso, tal vez como ha tenido que serlo por muchos años, pero ahora tiene a alguien que se preocupe por ella.

—Está bien, cariño. Ya estás a salvo. —Beso su frente, y con cada paso que doy, me alejo cada vez más del hombre que también fue mi padre en algún momento. Aunque, a diferencia de Mila, yo sí encontré la forma de odiarlo—. Iremos a casa.

Lleva los brazos a mi cuello y se aferra a mi cuerpo. Si necesita un salvavidas, seré toda la vida el suyo.

«Seremos lo que ella necesite».

———————◇∘✛∘◇————————

Mila

Horas después, estamos en el avión de regreso. El mundo se siente borroso. Difuso. Silencioso. Como si el dolor hubiera drenado hasta el sonido. Ethan me sostiene en su regazo, su camisa empapada con mis lágrimas. No me ha soltado ni un segundo. Y no quiero que lo haga. No puedo.

Apoyo la frente en su pecho, escucho su corazón. Ese sonido me calma más que cualquier palabra. Es mi ancla. Mi salvación.

—Creí que no volvería a verte —murmuro, y mi voz es apenas un hilo.

—Siempre iré por ti, Mila. Aunque tenga que cruzar el infierno una y otra vez.

Levanto la vista. Lo miro. Sus ojos están enrojecidos, pero firmes. Con el alma abierta para mí.

—Te amo —susurro. No hay temor esta vez. Solo verdad.

Él traga saliva. Me aprieta contra su pecho como si temiera que el mundo me arrancara de nuevo.

—Yo también. No tienes idea de cuánto. Lo supe desde el momento en que empezaste a curarme con tus silencios.

Una lágrima más cae. Pero esta no es de miedo. Es de alivio.

—Gracias por salvarme. Por venir por mí. Por amarme... incluso cuando yo no sabía si era capaz de hacerlo.

Me acaricia el rostro. Sus dedos tiemblan.

—Gracias por enseñarme que podía amar. Gracias por quedarte. Gracias por mostrarme que incluso un hombre como yo puede encontrar la redención.

Cierro los ojos. Por fin. Atrás queda la oscuridad. El pasado. La sangre. La guerra.

Solo existe él.

Y el futuro que nos espera.

Epílogo

Mila

UN AÑO DESPUÉS

Las luces del evento iluminan cada rincón de la pasarela con una elegancia impecable. Es el debut oficial de mi línea de ropa, y por primera vez en mucho tiempo, no estoy sobre la pasarela modelando. Estoy sentada en primera fila, con una libreta de notas en la mano, observando cómo modelos reconocidas del mundo de la moda lucen cada una de mis creaciones.

Vestidos de corte ruso, sofisticados y elegantes, caminando con gracia. Diseños en tonos oscuros con telas cálidas, cortes que resaltan el cuerpo femenino sin hacerlo ver vulgar. Elegancia clásica, con toques modernos. Todo lleva mi sello.

Miro mi logo proyectado en las pantallas gigantes. MILA. Directo, fuerte. Como he aprendido a ser.

Ethan está a mi lado, su mano sobre la mía. No dice mucho, pero su mirada lo dice todo. Orgullo. Amor.

Un año ha pasado desde aquella noche en Rusia. Desde que la sangre tiñó la nieve, desde que el miedo estuvo a punto de arrancarnos el futuro. Y, sin embargo, aquí estamos.

Casados.

Felices.

Sobreviviendo.

No ha sido fácil. Nada en nuestras vidas lo ha sido. A veces, Ethan sigue despertando de pesadillas. A veces, su otra parte emerge, dominante, oscura. Pero hemos aprendido a convivir con ella, a no temerle. He aprendido que amar a Ethan también es amar sus sombras.

Y él ha aprendido a amarme incluso en mis días rotos. Cuando los recuerdos de Kazimir me roban el aliento. Cuando el sonido de un golpe seco me devuelve al pasado. Él está ahí. Con su paciencia. Con su voz baja. Con sus manos que ya no solo saben matar, sino sanar.

El evento se desarrolla con fluidez. Hay aplausos, sonrisas, *flashes*. Me saludan, me felicitan, me llaman «señora O'Connor» con un respeto que nunca imaginé ganar en este mundo por mi padre.

Y en cuanto a él...

Pienso en él. En sus últimas palabras. En la forma en que usó el nombre de mi madre antes de morir. A veces lo veo en sueños. No como el hombre que me encerró, que me usó como pieza de negociación. Sino como un padre que hizo lo mejor que pudo con lo poco que tenía dentro de sí.

Decidí perdonarlo. No porque lo mereciera, sino porque yo merecía paz. Y creo, de verdad, que allá donde esté, junto a mi madre, ha encontrado algo de redención.

Me llaman al escenario. El maestro de ceremonias presenta la colección, la sala está llena de gente que admiro, de diseñadores consagrados, de prensa, de amigos.

Y de Ethan.

Subo con paso firme. El micrófono está frío entre mis dedos. Las luces me ciegan un poco. Pero respiro hondo.

—Buenas noches a todos. Gracias por estar aquí. Gracias por creer en este sueño, en esta visión. Esta colección nace de una historia. De una mujer que un día estuvo rota, pero que decidió reconstruirse con cada hilo, cada aguja, cada tela.

Los aplausos me envuelven.

—Pero, sobre todo, nace del amor. Del amor a uno mismo, al arte, a la belleza. Y también del amor a un hombre que me ha acompañado en cada paso, incluso cuando caminar era imposible.

Mis ojos se encuentran con los de Ethan y el mundo desaparece como siempre que lo miro.

—Gracias, Ethan, por ser mi fuerza. Por empujarme a ser libre. Por creer en mí, cuando yo no podía. Por recordarme cada día que, incluso si el mundo me ve como una princesa en un imperio de sombras, soy la reina de mi historia.

La sala se queda en silencio unos segundos. Y luego estalla en aplausos.

Cuando regreso a mi asiento, Ethan toma mi mano y la besa.

—Modelando para un asesino —susurra con esa sonrisa de medio lado que siempre me roba el aire—. Quién lo diría.

Sonrío. Porque sí. Así comenzó todo.

Modelaba para un asesino sin saberlo aquella noche en Rusia antes de que me secuestrara y cambiara mi mundo entero.

Y terminé amando a un hombre.

Uno que mató por mí.

Uno que vivirá por mí.

Uno con el que ahora comparto un futuro.

Nuestro futuro.

FIN

Prepárate para la próxima dosis de romance, peligro y pasión con el nuevo capo del Priesthood. ¡Resérvala ahora y sé la primera en vivirla!
https://rxe.me/51527G

Suscríbete a mi lista de correo y mantente informado de mis nuevas publicaciones: https://bit.ly/ListaGeneralRS

Notas

PRÓLOGO

1. «Sacerdocio» en inglés. Se refiere a una organización criminal conformada principalmente por la mafia siciliana.

1. ETHAN

1. Título del jefe supremo de una mafia rusa, equivalente al «padrino» que dirige y protege a toda la organización.

3. MILA

1. *Blyat*, expresión vulgar rusa equivalente a «mierda» o «joder».

5. MILA

1. *Laika* de Siberia Occidental: es una raza de perro, se usan para cazar animales grandes en Rusia.
2. «Mi bella flor» en ruso.

6. ÁNGEL CAÍDO

1. «Voy a matarte» en ruso.

7. MILA

1. «Maldito hijo de puta» en ruso.

9. ETHAN

1. «Hola, madre» en italiano.
2. «Hijo» en italiano.

11. MILA

1. «Ya era mía» en ruso.

www.ingramcontent.com/pod-product-compliance
Lightning Source LLC
Chambersburg PA
CBHW030448250626
47154CB00003BA/1178